AF490472

Cristina Canovi

TRANQUILLE VERTIGINI

PIEDIN FAINA

1. SPILLI

A detta degli altri, sono sempre stato un bambino ipercinetico, distruttivo e gravemente disturbato.

Mio padre non mi sopportava e, preso dalla disperazione, a volte minacciava di picchiarmi: arriva il pesce sberla, mi diceva. Il *pesce sberla* di solito non arrivava, ma al suo posto venivano a farmi visita la medusa tirata d'orecchie e il calamaro patacche sul sedere.

Non mi conveniva difendermi da papà, perché sapeva raddoppiare la dose di botte e mi chiudeva nello sgabuzzino. Al buio.

Tutti gli altri, invece, li prendevo a testate sul naso: ero un pittore nel mio periodo rosso sangue. Non che me ne importasse, comunque io non mi facevo male, mentre le mie vittime ululavano di dolore. E nessuno mi sgridava quando spaccavo il naso agli amici di mamma e papà...

Per la mia mamma ero un bambino perfetto: biondo, occhi azzurri, snello (detestavo mangiare e vomitavo spesso, soprattutto all'asilo e sempre addosso agli altri bimbi). Guai a dirle che ero "**disturbato**": questo aggettivo, che gli altri mi attribuivano di frequente e con estrema disinvoltura, faceva andare su tutte le furie la mamma. A volte piangeva. Mi cambiava continuamente asilo e diceva che le maestre erano **incompetenti**.

Nessuno ha mai messo in dubbio la mia intelligenza:

sapevo risolvere un puzzle in due minuti. E non parlo di quei puzzle per bambini di tre anni, con sei pezzi enormi. Erano puzzle da cento e duecento pezzi, che teoricamente non erano adatti ai miei quattro anni, ma sembravano risolversi da soli tra le mie mani veloci.

Oltre ai puzzle, la mia passione erano le cacche: ne facevo in grande quantità e sempre in prossimità, o meglio nel mezzo dei pasti altrui. Per un bimbo alimentato a omogeneizzati e pappe-schifezze non è troppo difficile produrre materia fecale in abbondanza, con una gamma di odori che raramente si discostano dal fetido.

Eccomi, allora: l'angioletto biondo, bellissimo, con gli occhi azzurri, capace di mille azioni disgustose. Io e le mie puzze eravamo in perfetta sincronia con una qualità dell'urlo sovraumana, alla quale nessuno sapeva resistere. Un giorno papà pianse. Eravamo in gelateria, io ero il solo bimbo presente, in compagnia di una squadra di adulti che chiacchieravano divertendosi (così sembrava). Ho aspettato che venissero serviti i gelati (il mio lo avevo rifiutato con il mio ormai proverbiale "mi fa schifo tutto") per sganciare una delle mie cacche ad effetto, ma nonostante questo, tutti hanno continuato a mangiare, sotto l'egida di mamma che ribadiva il suo "tutto nei bambini è pulito". Allora ho attaccato con gli strilli e con l'andiamo via!!! Papà, pieno di vergogna, mi ha tirato un orecchio fino a farmelo diventare viola, ma non ho ceduto. Alla fine si è arreso lui e si è chiuso nella toilette a piangere.

Questo ero io prima del Berselli e prima della tata.

Un giorno venne a trovarci un amico speciale di mamma: il Berselli, che non si sa perché doveva piacermi a tutti i costi e poteva essere un papà migliore del mio. Il Berselli un po' mi piaceva, perché parlava sempre di cacche e di cose che non capivo bene, ma facevano arrossire la mamma, quindi erano sicuramente irritanti come i miei capricci. Veniva da Modena e raccontava che nella sua città c'era una chiesa enorme e antichissima, immersa in un mare di cacche. Se eri disposto a camminare sopra cacche di cane, piccione, tossici e zozzoni, potevi osare con lo sguardo sopra varie statue di donne nude e altro che non ricordo. Il Berselli era talmente ossessionato dalle donne nude da vederle ovunque, anche sulle facciate delle chiese. Aveva scritto un libro sull'argomento: tutta la musica pop, secondo lui, era stata inventata per toccare le donne con la complicità di una colonna sonora marpiona, tranne le canzoni di un tale Pierangelo Bertoli, che per lui era brutto e incazzoso (e non gli aveva fatto l'autografo al concerto). Per questo gli piacevamo io e mamma: mamma perché aveva forme giunoniche, io perché facevo cacche e puzze da record e alle battutacce grevi ridevo con la cattiveria compiaciuta della mia prima infanzia.

Mamma mi chiedeva, appunto, se avrei voluto il Berselli al posto di papà. All'inizio la mia risposta era stata un sì convinto, perché mi esaltava quel capellone villano che rideva sempre e faceva puzze in grado di competere con le mie.

Mi stava insegnando la complicata arte del rutto, quando lo sorpresi a baciare mamma e mi diventò immediatamente antipatico. Fu quando gli assestai una delle mie famose testate sul naso, gridandogli vai via!!! Fu allora che il Berselli scomparve dalle nostre vite, chiamandomi figlio di puttana. Anche mamma gli urlò cose irripetibili e così non andammo mai a Modena a vedere la chiesa immersa nelle cacche.

Dopo il Berselli arrivò la tata.

La tata non parlava molto, però mi pungeva con gli spilli.

Cominciò quando le diedi una testata nello stomaco: mamma stava cucinando e la tata mi punse con uno dei suoi lunghi spilli invisibili.

Piansi, gridai, vomitai, mi feci la cacca addosso, divenni viola e vomitai ancora, ma nessuno volle credermi.

"Spilli invisibili – ripeté dura la mamma – Sei un bambino cattivo. Fai male a tutti i miei amici e per colpa tua sono sempre sola. Fai male anche al papà, che non torna mai a casa perché ci sei tu".

Mamma non mi aveva mai parlato in questo modo. Improvvisamente non ero più il suo angioletto biondo e bellissimo, ma un mostriciattolo odioso.

È vero che raccontavo spesso bugie, ma quella volta la tata mi aveva davvero punto con uno spillo lungo e invisibile, che non lasciava segni.

VAI VIAAA!!! Le gridavo, ma la tata era la sorella preferita della mamma e non se ne sarebbe mai andata. Non mi restava che comportarmi bene, mangiare la pappa e smettere di picchiare tutti. Pazienza: c'erano sempre le maestre dell'asilo da morsicare e i calci li potevo dare ai miei amici.

Fu così che cercai di conquistare la tata. Visto che non potevo spedirla fuori di casa, mi conveniva farmela amica. Purtroppo era impossibile. Provai a sedurla con la mia diabolica abilità con i puzzle, ma non batté ciglio. Le lessi una favola per stupirla (feci finta di leggerla: la sapevo a memoria e barai scandalosamente, in fondo avevo solo quattro anni e non avevo ancora imparato nemmeno l'alfabeto), ma rimediai solo uno sguardo scettico.

Alla fine, la tata era una vera noia: non diceva parolacce, non era corruttibile, non sporcava. Eppure aveva qualcosa di irresistibile e non potei fare a meno di sfidare i suoi spilli: le morsicai un braccio a sangue.

Così mi disse: "I bimbi cattivi li prende Piedin Faina, il maniaco omicida che mangia le ditina".

2. Briciole

La tata mi spiegò che basta perdere due dita consecutive nello stesso piede per non camminare più. Il mostro della tata mangiava le dita dei piedi dei bambini dispettosi.

Ma figuriamoci! È vero che non sapevo leggere, ma non mi avevano mai spaventato con queste storie. La nonna, poverina, ci aveva rimesso il tappeto antico perché aveva provato a raccontarmi una fionda del genere! Quel giorno (si parla di quando avevo tre anni, poi la nonna non aveva più voluto vedermi), mi divertivo a sbriciolare la merenda per casa. Mi avevano raccontato una fiaba in cui due genitori poveri erano stati costretti ad abbandonare i loro figli nel bosco, perché non potevano dare loro da mangiare. A questo punto della storia mi ero infuriato e avevo tirato calci ai mobili e alla nonna. Avevo gridato tanto da scardinarmi le corde vocali. I bimbi della fiaba avevano sbriciolato lungo il sentiero una pagnotta, per ritrovare la strada di casa (qui avevo obiettato: ma allora da mangiare l'avevano!). Insomma, la nonna aveva dovuto abbozzare. Alla fine era venuto fuori che i genitori non avevano i soldi per mandare i figli all'università e, siccome in famiglia erano tutti laureati, due operai non li volevano, quindi preferivano ammazzarli.

Io all'università ci volevo andare eccome: volevo diventare un grande scienziato. Però non si sa mai cosa può combinare un adulto, così avevo sbriciolato la merenda per tutta la casa. La nonna, disperata, si era inventata una storia ancora più penosa della prima, per convincermi a smettere. Mi aveva spiegato che la signora Malusi, la sua vicina di pianerottolo, era una strega, che faceva i tortellini dolci e le torte al cioccolato con il sangue dei bambini. Mi aveva detto che, se non la smettevo di fare capricci, la signora Malusi mi avrebbe preso e mi avrebbe portato via. Mi avrebbe steso sul tagliere, quello sul quale impastava le tagliatelle, e mi avrebbe tagliato le gambe. Sotto il tagliere avrebbe messo una pentola per raccogliere il sangue. Poi avrebbe chiuso le mie ferite bruciandole (la signora Malusi era un'appassionata della carne ai ferri e nonna mi spacciava i profumi delle fiorentine per odore di bambini alla piastra). Mi avrebbe tenuto in vita fino al prossimo compleanno delle nipotine, quando le sarebbe di nuovo servito il mio sangue per cucinare.

Nel quartiere abitava un ragazzo disabile, nato senza gambe e da sempre veniva citato come esempio per i bambini disubbidienti: una non identificata strega se l'era mangiato per metà, povero ragazzo.

Insomma: tante cose coincidevano, ma ero talmente stanco di sentire invocare il babau che ormai non ci credevo più, visto, tra l'altro, che nonostante tutto quello che combinavo non si era mai fatto vedere.

Così presi i fiammiferi e diedi fuoco al tappeto antico di nonna, quello che si tramandava di generazione in generazione e che sarebbe spettato in eredità prima a mamma e poi a me. Insieme al tappeto incendiai anche scarpe e calze di nailon della nonna, che sedeva in poltrona, distrutta dalla mia compagnia. Alla fine, qualcuno le gambe ce le aveva rimesse davvero.

Allora: dopo la signora Malusi, dopo la strega dal pollice verde putrefatto, dopo l'orso nella caverna che si apre sul mio lettino quando spengo la luce... dopo tutto questo non ero particolarmente preoccupato per le dita dei miei piedi.

Feci tesoro, comunque, delle briciole di Hänsel e Gretel: ogni volta che la mamma mi portava con sé a casa di qualcuno non potevo fare a meno di danzare in ogni stanza, con un cracker in ogni mano, spargendone le briciole. Correvo felice, infilando cibo nei divani e colorando di gelato al cioccolato i muri. Anche le impronte con il formaggio grasso mi riuscivano piuttosto bene.

E non risparmiavo nemmeno i soprammobili. Beh?!! Ribatteva mamma quando le amiche esasperate le chiedevano di fermarmi. Mettili via no?!! Lo sai che i bambini sono curiosi e toccano tutto!

"Toccano tutto" è già di per sé seccante, ma "**rompono** tutto" era addirittura intollerabile per le signore ex amiche di mamma.

Piuttosto che fare trasloco di ogni bene, di solito tutti preferivano non invitarci. E chi se ne fregava?!! Avevo la mia piscina personale da riempire di pipì, terra e sassi. Avevo il mio cane da picchiare, di taglia piccola, terrorizzato dalle botte che si era preso da papà una volta che mi aveva ringhiato. Papà gli aveva dato un pugno sul muso, esattamente sul naso, che aveva sanguinato abbondantemente. Aveva anche perso un dente, il mio cane, e da allora non scodinzolava più. Passava le giornate rannicchiato in fondo alla cuccia. Quando avevo voglia di sedermi sopra di lui e di tirargli il pelo, non dovevo fare altro che strattonare la catena con la quale era legato e trascinarlo fuori dalla cuccia.

Il cane era resistente. I pulcini, invece, erano morti subito. Li avevo stretti nel mio piccolo pugno e alla fine gli erano fuoriuscite le budella da ogni orifizio. Stessa cosa per i pesci nella boccia.

La tata diceva che ero un mostro e che prima o poi Piedin Faina mi avrebbe mangiato le dita dei piedi.

Mamma invece riteneva che fossi un bambino curioso e che, come tutti i bambini, dovevo semplicemente fare le mie esperienze. Smontare gli animali, seviziarli, pestarli, strozzarli, picchiarli era il mio modo di esprimere la creatività tipicamente infantile, sosteneva mamma, che era stata, nell'infanzia, una grande stritolatrice di piccoli animali, così come lo era stato papà.

La tata diceva che i bambini che uccidono gli animali si curano con il neurolettici e i genitori che li giustificano finiscono all'OPG.

Non capivo esattamente cosa intendesse, ma di certo era qualcosa di velenoso, come quella roba che la tata mi aggiungeva al succo di frutta e che sapeva di ciliegia. Dopo di quella dormivo tutto il giorno e ci vedevo sfocato. Me lo dava di nascosto da mamma il veleno e io non volevo più bere niente perché avevo paura. Il fatto è che, di solito, non volevo mai bere né mangiare nulla, così tutti credevano che quella del veleno fosse una scusa, una delle mie solite bugie.

Invece era vero: la tata mi pungeva con gli spilli trasparenti e certi me li lasciava sotto pelle, dentro i muscoli e nelle ossa. Me li spezzava dentro con crudeltà, perché non potessero mai più uscire e mi facessero male per sempre. E la tata mi dava le gocce che facevano dormire e sapevano di ciliegia, ma nessuno mi credeva.
E se guardavo bene i miei piedini, vedevo che le unghie erano molto corte, ma nessuno me le aveva tagliate.

3. Precipizio visivo
Di solito, un bambino posto dinanzi a un baratro non si lancia nel vuoto.
Si tratta della cosiddetta "teoria del precipizio visivo".
L'esperimento che dimostra la veridicità della teoria è questo: si prende un bimbo piccolo, fra i sette e i quattordici mesi, e lo si pone su una struttura a forma di parallelepipedo, in parte di legno e in parte di vetro (la paternità di questa macchina sperimentale appartiene a Gibson e Walk).
La parte in legno appare "piena" agli occhi del piccolo, che cammina senza problemi sulla superficie a quadretti bianca e nera. La parte in apparenza vuota presenta realmente un dislivello, anch'esso ricoperto da un disegno a quadrati bianchi e neri. Se il bimbo decide di inoltrarsi nel vuoto, a sostenerlo trova una spessa lastra di vetro, che non lo lascia precipitare.
La maggioranza dei bambini, sebbene venga espressamente invitata a farlo dalla madre, si rifiuta di attraversare la zona pericolosa.
Io no.
Adoravo i baratri ed ero un prodigioso cascatore gommoso, tutto bozzi, tumefazioni ed ecchimosi.

Io, con i miei bei vestitini già pieni di strappi, bava e sangue dal primo mattino.

Ricordo una volta, dal dentista. Mamma sulla poltrona a farsi curare e io accudito dalla nonna. Di solito i bimbi piangono quando vedono la mamma dal dentista, perché pensano che un uomo laido e cattivo la stia torturando. Io piangevo, ma solo perché mi annoiavo. E avevo smesso di piangere quando la nonna mi spiegava: la mamma non sente male, non ti preoccupare. E la mamma mi rassicurava: non sento male, non ti preoccupare. E il dentista confermava: non faccio male alla mamma, non di preoccupare. Avevo smesso di piangere perché pensavo a quanta idiozia diffusa animasse gli adulti: non mi importava nulla di mia madre, mi annoiavo da morire e volevo una macchinina nuova, la ruspa, il castello dei Lego, 15 Pokémon e la fabbrica dei mostri.

La nonna, tenendomi in braccio accanto alla finestra, mi mostrava il centro, lontano pochi isolati, e mi diceva: vedi, dopo andiamo lì e ti prendo i giochi che vuoi. Nonna... che faccia!

Mi ero inclinato all'indietro il più possibile e avevo dato una testata formidabile alla finestra, sperando di rompere il vetro e di volare di sotto. Mi butto sempre di sotto quando posso.

Chi lo dimentica mi uccide.

Quella volta il vetro non si ruppe e mi procurai solo un grosso bernoccolo. Molto contrariato, vomitai addosso alla nonna.

Inutile dirlo: niente giocattoli. Questo fu il giorno in cui strangolai il cane.

"Eh... ma insomma! Ma lo sai quanto era costato?!?"

Mi sgridò papà quando trovò il cane morto.

"Eh vabbè, ma è un bimbo piccolo! Come puoi pretendere che capisca?!! Te l'avevo detto che il cane non era adatto a un bimbo così piccolo", rispose mamma.

"I bambini son bambini – sentenziarono i nonni – e pazienza, magari più avanti gliene prendiamo un altro più robusto".

"Un incrocio tra un piraña e un cucciolo di Cthulhu, magari", aveva aggiunto la tata degli spilli, accarezzandomi mentre mi dava una scossa elettrostatica memorabile.

Il giorno in cui uccisi il cane, per consolarmi della perdita ebbi il permesso di non lavarmi affatto.

E il giorno dopo, quando la mamma mi tolse le calzine di formaggio urlò.

Avevo tre abrasioni profonde sulle dita del piede destro, a partire dall'alluce. Profonde e coperte da vesciche, che a contatto con il disinfettante si ruppero, liberando sangue misto a un liquido vischioso e maleodorante. Erano estese dai polpastrelli fino al bordo delle unghie cortissime. Si intravedevano le ossa sotto la carne tumefatta e ora che le vesciche erano scoppiate mi facevano un male d'inferno.

Che si fa? Papà e mamma non sapevano decidersi. "Se lo portiamo all'ospedale – dicevano – forse penseranno che lo abbiamo picchiato. È tutto pieno di bozzi 'sto bambino. Piange sempre, urla, strilla: diranno che lo picchiamo, lo maltrattiamo, ne abusiamo!!!"

"No – dissero i nonni – nostro signore Giacomo ci proteggerà e veglierà su di noi, perché noi siamo i puri di spirito e nostro è il regno dei cieli. Ricordate quando

Ercole dovette affrontare le 13 fatiche e uccise la cerva dalle corna d'oro e il ragno dalle 18 zampe di cadmio! Nostro Signore testimonierà per noi, perché noi siamo nel giusto".

"E onestamente – aggiunse la nonna – credo che lo abbia morsicato il cane, porco Giacomo!" (alla nonna sfuggivano sempre delle bestemmie).

All'ospedale le mie ditina divorate lasciarono molto perplessi i medici, che chiamarono un assistente sociale, con il quale dialogai in un'apposita sala. Dopo dieci minuti (10), l'assistente sociale uscì premendosi le mani insanguinate sul naso: gli avevo dato una delle mie epiche testate e gli avevo fratturato di netto il setto nasale.

"Se lo picchiano – disse l'assistente sociale – fanno bene, perché questo è un mostro e ogni cinghiata è santa e ben data".

Le mie ferite non cicatrizzarono mai, e rimasi con tre ditina divorate e sanguinanti nel piede destro.

È stato Piedin Faina, chiesi alla tata?

"Chi lo sa? – mi rispose – Di certo questo te lo faccio io!" e mi infilò un ago di vetro sotto le gengive. Così, quando i denti da latte mi caddero non ne ricrebbero altri a rimpiazzarli.

4. Sarò buono

"Se sarò buono – chiesi a nostro Signore Giacomo – si riformeranno le mie ditina e mi ricresceranno i denti?" Non ottenni risposta.

"Se sarò buono – chiesi a mamma e papà – mi si riformeranno le ditina e mi ricresceranno i denti?"

"Certo tesoro. Ma tu sei già buono, sei il nostro angioletto".

"Però oggi le insegnanti – puntualizzai – mi hanno fatto pacche pacche sul sedere all'asilo, perché ho tirato il cubo di plastica in testa alla bimba e l'ho fatta sanguinare".

"Ma sono cose che capitano, tesoro mio – disse la mamma – Non fartene una colpa. È stato un incidente".

"Cose che capitano non direi", replicò il papà. E aggiunse: "Questo non è figlio mio, questo è il demonio e nostro Signore Giacomo ci mette alla prova. Ma cosa devo fare con questo bambino? Gli ho anche dato un pugno in testa, ma non è cambiato niente! Ti ricordi come eravamo felici quando lui non c'era? Io e te andavamo sempre via nel fine settimana e se non era il lago era il mare, invece lui vomita appena sale in macchina e non si può andare mai da nessuna parte. Io e te facevamo l'amore tutti i giorni e dove capitava, invece adesso neanche a mezzanotte, perché lui non dorme mai e quella volta che abbiamo chiuso a chiave la porta piangeva come un forsennato e ci stava a guardare dal buco della serratura. Da quanto tempo ci stava a guardare? Te lo sei mai chiesta?!?"

5. Epilogo

Giacomo non esiste. Entravo nel quarto anno e mezzo di vita quando ebbi questa intuizione. Non tanto perché desideravo un cielo vuoto, un baratro senza fine dopo la vita, quanto perché questa mia affermazione scandalizzava nonni e genitori. Mi picchiavano quando lo dicevo e io vomitavo.

Di certo non era Giacomo a punirmi, e nemmeno mamma e papà, ma la tata sembrava la nemesi di tutti gli animali che avevo stritolato, di tutti i bambini che avevo graffiato e picchiato, di tutti i soprammobili rotti, i libri strappati, i vestiti lacerati, le testate, i pugni le urla i capricci le puzze le lagne le rogne... di tutto ciò che di irritante avessi mai prodotto nella mia breve esistenza. E credo che lei e Piedin Faina fossero la stessa persona. Solo una cosa non mi era chiara: come faceva la tata a nascondersi sotto il mio lettino così basso?

Mangiare il Didò, il Pongo, la plastilina e il braccino della mia compagna di banco era un grande divertimento per me e un eterno tormento per le maestre. Ero cattivo, aggressivo e sempre febbricitante, perché i nonni mi portavano a scuola in qualsiasi condizione di salute. La tata diceva: "Sarà anche il vostro adorato angioletto, ma ve ne sbarazzate un po' troppo volentieri." Finii persino sul giornale quando una maestra corse al pronto soccorso per farsi praticare un'antitetanica: come al solito, le avevo morso una gamba.
Diventavo sempre più cattivo e ingombrante, perché ormai non potevo più camminare. Mi avevano amputato un ditino a causa della setticemia prodotta dalle vecchie piaghe mai guarite e un altro ditino era sparito misteriosamente. Nessuno voleva ammetterlo: dicevano che ero nato con quattro dita dei piedi ed ero fortunato, perché me ne rimanevano ancora tre in ordine sparso. Alla fine, Piedin Faina era stato generoso: mi aveva mangiato un ditino non consecutivo a quello amputato. Uno solo: potevo ancora camminare. Quasi.

Uno solo tata! Non tutti o non due! Il male non esiste, il male sono io. Nessuno può punirmi.

"Dove credi che sia finito il ditino che ti hanno amputato?!?" Disse allora la tata. Spera che il chirurgo e Piedin Faina non abbiano più fame della tua carne malvagia, o passeranno ad altro. Ci sono tante appendici, tante sporgenze nel tuo corpo.
Con il passar del tempo, non ne rimasero molte a dire il vero, ma vissi come volevo: di puro dispetto e perfidia.

SETTE STORIE PER NON DORMIRE

Una cena in stile nouvelle cuisine. La sala da pranzo è grande, imponente, solenne.

E scomoda.

Le sedie in stile neogotico sembrano gli arredi di un film horror della Hammer: schienali altissimi, intagliati in modo malevolo, si conficcano nelle schiene degli invitati. La seduta corta, in pelle secca e rigida, che forse in un lontano passato è stata vagamente morbida, lotta e vince contro la circolazione sanguigna, lasciando le gambe intorpidite dopo i tempi biblici della cena. Il tavolo è inutilmente lunghissimo e molto alto. I piedi a cipolla e il bordo decorato con motivi floreali a basso rilievo, risultato di un assemblaggio truffaldino tra un mobile ottocentesco e un falso ibrido, sono nascosti da una lunga e spessa tovaglia inamidata, rigida come i paramenti della messa. Al centro della mensa troneggia un brutto centrotavola di fiori secchi marroni, che spargono polvere sulle vivande.

Segnaposti originalissimi in stile arte povera: patate crude bitorzolute, intagliate con i nomi degli invitati. E ovunque un trionfo di soprammobili inconsueti: tazze scheggiate, zuppiere, vasi con fiori di rame, alzate piene di frutta agonizzante, centrini inamidati, grosse chiavi arrugginite, rotelline per tagliare la sfoglia, un'affettatrice degli anni quaranta, una castagna e un uovo di legno. L'Ottocento e il modernariato fastidiosamente insieme, in un bric a brac di discutibile gusto.

Alle pareti, come farfalle impalate sulla carta da parati damascata, una parata di piatti con illustrazioni bucoliche, apparentemente in attesa di frantumarsi lungo la fitta ragnatela di crepe che li percorre. Vecchi e polverosi anch'essi. *Noblesse oblige?*

Entra la badante cameriera tuttofare. Capisce perfettamente tutto ciò che *loro* dicono, ma per comodità finge di ignorare l'italiano. La trattano in modo sprezzante, come se fosse un'idiota (*noblesse oblige?*) e, tutto sommato, le va bene così. Non vuole interagire con una congrega di maleducati danarosi e vacui. Non è stato difficile seguire le istruzioni scaricate da internet: cibo cattivo, abbastanza brutto da vedere, con nomi vanesi e altezzosi, ma facile da cucinare. Ha ritoccato un po' il curriculum: in realtà non è diplomata in alta cucina. È un architetto che se ne è andato da un paese ingrato per non morire di fame ed è finita in un paese di persone che, per scelta, scelgono la fame, la magrezza patologica, la noia e il tradimento. La accusano di ogni assurdità: di rubare la carne dal freezer (carne congelata da occultare nella borsetta?), di rubare gli asciugamani marroni (solo quelli), di rubare le lenzuola e il sale, di rubare i fiori secchi. Di rubare.

La divisa la fa sembrare un'oscena fantasia erotica da club privée. Ma le ciabatte che la costringono a indossare la rendono ridicola: dicono che servono per "sdrammatizzare" l'uniforme.

Sdrammatizzare: dicono proprio così, come se ci fosse qualcosa di tragico in un vestito. "Metto il paillette con le scarpe da ginnastica col tacco, per sdrammatizzarlo un po'; indosso un animalier con le ballerine, così lo sdrammatizzo un po'; abbino i pois e le righe, così li sdrammatizzo un po'".

E io ti porto un piatto pieno di niente, ma non farne un dramma.

Prima portata: antipasto

In un piatto grande come un vassoio sono radunati: un anello di totano, una cozza e tre tentacoli di moscardino scottati al vapore. L'ampio spazio vuoto nell'ovale di ceramica bianca è cosparso di prezzemolo finemente tritato, coriandolo, misticanza, arabeschi di glassa, mentre ai lati occhieggiano fette di limone traslucide, di pochi millimetri di spessore, tagliate a mezzaluna con precisione chirurgica.

Chiara è una bimba onesta e sana di mente (lucida e ben orientata): impiega poco meno di due secondi per far sparire quello che giudica una presa in giro e un insulto all'intelligenza, mentre gli altri invitati sezionano la cozza in quattro parti regolari e masticano con ostentata ponderatezza (divorando il primo cestino di pane insieme alle ombre dell'antipasto).

Quando arriva la seconda parte della portata (due ciotole che contengono, rispettivamente, 17 vongole e 17 lumachine di mare da dividere fra sette gaudenti... 3 vongole e 3 lumachine saranno motivo di gravi discussioni e inimicizie), sorge spontaneo un dubbio: che fare? Adeguarsi e sorridere o adirarsi, creando ulteriori spazi di tedio conviviale. Forse non si può tacere dinanzi all'insensatezza di uno stile di vita nouvelle cuisine, fatto di inganni e di apparenza, di magrezza emaciata e fame rabbiosa. Di vuoto e di tediosi e ingombranti

pettegolezzi, maschere, promiscuità, frustrazione.
Così i commensali iniziano a raccontare.

1. Storia di Nonna: il busto

Nonna è un'ipocondriaca totale. Non ha mai lavorato
un giorno in vita sua e non si è mai truccata, cosa di cui
va piuttosto fiera. Somiglia spaventosamente alla Cian-
ciulli, ma pare che da giovane fosse bellissima e molto
corteggiata. Tossisce continuamente e ne attribuisce la
colpa a "Quell'asma infernale" che la tormenta da tutta
la vita e la rende "Debole e facile agli svenimenti". La
verità è che parla senza sosta, soprattutto con la bocca
piena di cibo (di pane), che le finisce direttamente nella
trachea e rischia pericolosamente di soffocarla. Quando non è il cibo, è una caramella o qualcosa di simile.
Nonna battezza tutti con i suoi schizzi di bolo e saliva,
ma poiché è una ricca signora vendicativa, nessuno osa
ribattere alle sue lamentele e ai suoi sputi. Nonna ha
l'asma (ma anche no), è cardiopatica (prende quoti-
dianamente cinquanta gocce di un ottimo placebo), è
diabetica (questo è vero) e ha il lupus eritematoso (lo
ha sentito nominare in tv e se l'è autodiagnosticato).
Ha anche qualche neoplasia rarissima e letale, oltre al
piede caprino, al gomito del tennista e a un principio
di peste suina. Tutte le sere prega i suoi santi e i suoi
morti e accende una candela per loro, non di rado di-
menticandola accesa e incendiando l'ennesimo altare
casalingo e qualche tappeto. Chiede ai suoi dei pagani
di guarirla e di mandarle una badante che pulisca meglio la casa e non rubi gli asciugamani marroni.
Nonna, lo sguardo spiritato e pieno di piacere, inizia a
raccontare.

– Quando ero giovane, abitavo in campagna e ci divertivamo a salire sugli alberi. Ci capitava spesso di cadere, però non ci facevamo mai male sul serio. Lividi, graffi da nascondere, per non essere sgridati o picchiati dai genitori. Ci sfidavamo a salire sempre più in alto. Ma un bambino un giorno cadde malamente e si fratturò lo sterno. Gli fecero un'ingessatura che lo avvolgeva dalla vita al collo, lasciandogli liberi solo gli avanbracci e le gambe. Lui si lamentava: diceva che il gesso era stretto, che non riusciva a respirare, ma nessuno lo ascoltava, perché era piccolo e timido. Tenne il busto di gesso per tanti mesi: la frattura non guariva e, dopo ogni radiografia, gli veniva detto che doveva rimanere ingessato ancora per un mese, ancora per un mese. Il bambino continuava a lamentarsi, dicendo che soffocava, che non riusciva a respirare, che soffriva e sentiva dolore. Seguitava a deperire, ogni giorno sempre di più. La sua pelle aveva perso luminosità e sembrava grigia e spenta, opaca e triste come lo sguardo del bambino, sempre più cupo e infelice. Il gesso gli impediva i movimenti, che diventavano gravi e pesanti, come la vita e come il giorno. Non dormiva, non mangiava, non piangeva, non parlava, non giocava. Giorno e notte cercava di respirare e questa faticosa incombenza assorbiva ogni sua energia e ogni suo pensiero. Non aveva più memoria dei giochi, delle corse, delle arrampicate. Era invecchiato improvvisamente, senza speranza, con quell'unica attesa: uscire dal gesso. Sopravvivere.
Nessuno lo capiva. I genitori lo sgridavano: dicevano che era pigro, che era una lagna, che non si impegnava per guarire. Gli amici lo prendevano in giro: dicevano che era un debole, che si lamentava per niente.

Al quinto mese la frattura non era ancora guarita, ma decisero ugualmente di rimuovere il busto, per controllare che l'ingessatura fosse stata eseguita correttamente. Quando tagliarono il gesso, il bambino fece un lungo sospiro di sollievo. "Come sto bene", disse. E morì. Il gesso troppo stretto gli aveva stritolato il cuore.
Al termine del suo macabro racconto, Nonna pianse per la commozione e tossì a lungo.

Primi piatti
Badante (si chiama Alina, ma nessuno si rivolge a lei chiamandola per nome) dissimula velocemente il proprio disgusto per Nonna, si ricompone, indossa un sorriso di circostanza, toglie le scarpe e rimette le ciabatte da serva. È tutto pronto.
Seconda portata: penne al pangrattato e profumo di tartufo, con composta di acciughe e aroma di roselline azzurre.
Esattamente al centro dell'ennesimo piatto enorme sono radunate cinque penne, cosparse di pangrattato al profumo di tartufo, olio di oliva extravergine non filtrato aromatizzato alle roselline azzurre e pasta di acciughe.
Tempo di permanenza nel piatto: i soliti due secondi. Tempo di permanenza sul palato: tutta la sera (la pasta di acciughe e il pangrattato danno vita a una potente miscela abrasiva, che non svanisce nemmeno dopo lunghe sorsate di acqua o di vino rosso fermo aspro e tiepido).
L'ampio spazio vuoto nel piatto è guarnito con foglie di prezzemolo intere e roselline azzurre. Sparisce con le penne il secondo cestino di pane.
Le sedie sono sempre più scomode, dure, troppo alte e rigide. Con il progredire della serata si trasformano in

una sorta di strumento di tortura, che perde scaglie di pelle e fa sudare le gambe. Non invitano certo a prolungare la cena e il dialogo, ma è evidente che nessuno ha intenzione di abbandonare la tavola.

Hanno tutti qualcosa da raccontare.

2. Storia di Mater: la palpebra

Mater sarebbe bellissima, se non volesse disperatamente assomigliare a una grottesca reintepretazione di Elizabeth Taylor. Il cofano di capelli castano-scuro e le palpebre pesantemente intonacate di blu le danno un aspetto volgare e decadente. Collier e bracciali d'oro da un chilo, in stile Bollywood, sembrano dozzinale bigiotteria e le donano un look pacchiano e triste.

Anche Mater non ha mai lavorato un solo giorno in vita sua. La sua scusa sono le figlie, che ha avuto in giovanissima età da un uomo ricchissimo. Non è stata una brava madre: in realtà ha delegato la cura e l'educazione delle figlie a un austero collegio svizzero. Però si è goduta pazzamente la vita, con il suo abbiente marito che... sorpresa... ha sposato più per amore del suo bel corpo che per amore dei soldi.

Per tutta la vita ha ballato, bevuto champagne fino a stramazzare al suolo abbattuta da sbronze epiche, coccolato il suo uomo, visitato le più costose località per ricchi vacanzieri, cenato con noiosi e danarosi sconosciuti, soci, come lei, di lobby pseudoculturali. "Ho cresciuto due figlie da sola" è il suo mantra, che è anche un rimprovero alle frequenti assenze del marito, spesso impegnato in viaggi d'affari e avventure con prostitute esotiche e molto minorenni. Con il passare degli anni, Mater diventa sempre più volgare ma non avvizzisce.

Creme, massaggi, lavaggi completi del sangue e chirurgia plastica la mantengono giovane per sempre.

Questa è la sua storia.

– Un mio cugino di secondo grado, una persona umile e senza ambizioni, saltando giù dal pianale del camion perse una palpebra: rimase incastrata in un gancio del telone. Il dolore fu talmente forte e improvviso che inizialmente non capì che cosa gli fosse accaduto. Si mise alla guida del mezzo e partì, come se non fosse accaduto niente. Mentre guidava, sentiva qualcosa di caldo e bagnato che gli scendeva lungo una guancia e su un occhio. Portandosi una mano al viso, la scoprì piena di sangue, ma pensava che provenisse da un taglio sulla tempia o da un graffio sulla fronte, qualcosa di inconsistente, da medicare con un cerotto. Tuttavia, tastandosi centimetro per centimetro, non riuscì a individuare nessuna escoriazione. Nel frattempo, il dolore cominciava a farsi sentire, diventando sempre più acuto, ma non riusciva a trovarne la fonte: fu solo quando si guardò nello specchietto retrovisore che vide l'occhio privo di palpebra. Terrorizzato, ricordò lo strappo che aveva sentito poco prima e, ispezionando il camion, recuperò il lembo di pelle che pendeva dal gancio. Corse all'ospedale, con la vista offuscata dalla paura e dal sangue che scorreva copioso. Gli ricucirono la palpebra e per molti mesi non poté aprire l'occhio, bloccato con diversi punti di sutura, nella speranza che cicatrizzasse. Aveva un aspetto spaventoso: non si riusciva a guardarlo senza provare un forte disgusto. L'occhio era gonfio, tumefatto, completamente circondato da punti di sutura neri. Sembrava la ricucitura maldestra di una bambola spaventosa.

Nonostante le cure, la palpebra non guarì mai completamente, restò di un brutto colore viola e si staccò più volte. Una volta accadde mentre guidava in autostrada: dovette accostare e raccoglierla dal tappetino; l'aveva anche pestata, quindi la pelle si era rovinata ed era ancora più orripilante quando gliela reimpiantarono. Un'altra volta, mentre era in vacanza con la moglie, gli cadde nella sabbia e dovettero cercarla a lungo. Un giorno gli cadde persino nel piatto, in mezzo ai cappelletti in brodo, mentre era a cena con i parenti, come noi oggi.

Primi piatti. Bis
In occasione del suo compleanno (ovvero in una data casuale, perché i padroni, che non meritano di essere contraddetti, non sprecano il loro tempo dilatato a ricordare i compleanni dei servi), Badante ha ricevuto in dono un libro di ricette demenziali, dal quale ha tratto questa delizia: crespella mignon alla crema di ibisco e radici amare. Servita su un piatto di vetro giallo, guarnita con crema gialla al tuorlo d'uovo (in pratica, un tuorlo d'uovo rimescolato con il nulla), farina di mais e spinaci lessati. Fette di mango spellato completano la composizione. La mezzaluna della crespella misura circa cinque centimetri. Tempo di permanenza nel piatto: 2 secondi. Tempo di permanenza sul palato: per sempre. L'amarezza intensa delle radici si somma alla scabrosità del pangrattato e della pasta d'acciughe della portata precedente, creando un sapore decisamente inconsueto e alquanto emetico.

3. Storia di Zia: il bagno

Zia è la versione bionda di Mater. Bellissima, cofanata e cotonata, predilige gli ombretti verdi tirati a stucco veneziano, che esaltano i suoi bellissimi occhi. Mater è affetta dalla sindrome della matrigna di Biancaneve e cova un odio primordiale per la figlia, unito però all'orgoglio di avere dato la vita a una creatura così bella. Zia lavora. Passa circa due ore del suo prezioso tempo seduta al banco di uno dei bar di famiglia. Conversa con i clienti e beve quindici caffè. Per fortuna lavora solo al sabato; in caso contrario, sarebbe già morta per un eccesso di caffeina. Quando non lavora, trascorre il tempo a fissare il soffitto o il muro. Si sdraia sul letto e fissa il soffitto e, per variare, si siede in poltrona e fissa il muro. Nonostante la straordinaria bellezza che la caratterizza, Zia non ha ancora trovato un corteggiatore che soddisfi le sue aspettative e, poiché i ricchi blasonati sono pochi e si riproducono solo tra di loro, con il passare del tempo i possibili candidati si accasano ed è sempre più chiaro che non ci sarà mai un'anima gemella per lei. Zia ha anche la pessima abitudine di ubriacarsi duranti gli incontri conviviali. L'alcol ha un irritante effetto su di lei: le estingue gli emisferi frontali e la rende oltremodo oscena e disinibita. Di solito grida volgarità per circa mezz'ora, poi si spegne e rotola sotto il tavolo, profondamente addormentata. Non è un'alcolista: si ubriaca solo durante i banchetti sociali.

Non è stupida, ma è profondamente ignorante e disprezza sia i libri, sia quelli che definisce "gli intellettuali", persone che, comunque, non compaiono né in famiglia, né nella cerchia degli amici. C'è solo una cosa che Zia detesta più dei libri: l'acqua e il sapone, che ritiene nocivi per la pelle. La sua storia parla di una ragazza sciagurata, che aveva la pessima abitudine di curare la propria igiene personale.

– C'era una ragazza che faceva sempre il bagno e che stava troppo a lungo nella vasca, proprio come te, Chiara. Un giorno, mentre faceva il bagno con il solito bagno schiuma, che non cambiava mai perché era superstiziosa, si squamò. Come fai a non sapere cosa significa "Si squamò"? (Le domande di Chiara vengono sempre giudicate insolenti) I serpenti si squamano, escono dalla pelle e rimangono nudi e spellati. Come lei, che non distinse il bruciore della pelle che si consumava dal calore che si irradiava dall'acqua. Non distinse nemmeno il rosso della pelle urticata dal solito rossore che le procurava la temperatura dell'acqua. Uscì dalla vasca perdendo grandi brandelli di pelle e grondando sangue: purtroppo quella partita di bagno di schiuma conteneva un acido corrosivo. Se avesse fatto la doccia non si sarebbe spellata in quel modo, ma rimanendo immersa nell'acqua per quasi un'ora aveva distrutto la propria pelle. Non morì, ma rimase sfigurata per tutta la vita.

Primi piatti tris
Badante è stata particolarmente audace nell'inventare questo piatto, del quale attribuisce la paternità a uno chef polistellato.
Risotto all'acqua e crema di barbabietole rosse con cime di rapa caramellate e dadolata di pomodorini pachino in crosta di sale del Mar Morto, racchiuso in un cartoccio di pasta di pane al lievito madre (una baguette svuotata della mollica, in realtà), il tutto posto

sul solito grande piatto di ceramica bianca. Il riso ha un colore alieno, grigioverde con nuances di muffa. Il sapore è proprio quello di una muffa aliena e la consistenza è incredibilmente fangosa. Nessuna guarnizione: il piatto si commenta e si completa da sé, nella sua francescana semplicità iconica.

4. Storia di Pater: il forno

Pater è un uomo molto ricco e molto bello. È praticamente il sosia di Sean Connery, ma ancora più alto e atletico. Ha il curioso dono della botta di culo, ovvero rileva attività casuali che si trasformano in rendite imponenti. Effettua le sue scelte tramite il metodo del "sentito dire", grazie al quale può vantare la fama di filantropo o di accaparratore, a seconda del livello di disperazione di chi gli cede immobili di vario tipo. Non ne è al corrente, ma il suo metodo lo ha portato ad acquistare attività di copertura di organizzazioni malavitose, che approfittano della sua ingenuità e del suo stimato nome per riciclare denaro sporco. Ha anche rilevato un centro estetico che cela un laboratorio di produzione di metanfetamina e una palestra che ospita alieni terroristi che pianificano la distruzione del pianeta Terra. Non arriverà a compiere sessant'anni, perché presto finirà in un plinto di cemento armato del nuovo cavalcavia, con la gola tagliata.

La storia di Pater si addentra in un territorio per lui sconosciuto: il mondo delle cosiddette "Ceramiche", ovvero le industrie che producono piastrelle. Stranamente, non ne possiede nemmeno una.

– Era il periodo delle ferie, ma un operaio di un'industria ceramica aveva deciso di fare gli straordinari, perché aveva molti debiti. Era solo in fabbrica: il caldo soffocante, il rumore pesante dei macchinari, i passi che strisciavano nella polvere perenne. Macchinette del caffè spente, spine staccate ovunque, telefoni muti.

Solo con i suoi pensieri e con la speranza di essere *normale* un giorno, come gli altri. Potersi lamentare come tutti della noia di una vacanza. Potersi annoiare da morire. Potersi fermare. Gli sarebbe piaciuto anche solo fermarsi a dormire, sotto il ventilatore, con un ghiacciolo alla menta come compagno.

Solo.

Solo con i suoi casini: i conti da pagare... se si rompe qualcosa non riuscirò a farlo riparare. Lavatrice, frigorifero... non posso rinunciarci, per non parlare dell'auto: senza non posso muovermi. Lavorare per pagare i debiti, per pagare la vita, le piccole cose di ogni giorno, senza mai permettersi di esagerare, di scialacquare, di buttare via denaro in qualcosa di inutile. Come fanno tutti – pensava – tutti tranne ME.

E così l'operaio spingeva il carrello pieno di piastrelle nel grande forno. Neanche fossi in una fiaba di quelle macabre che mi raccontavano da bambino – diceva tra sé – non sono neanche particolarmente grasso, nemmeno pronto da mangiare e così pieno di stress sono certo velenoso, neppure una strega affamata mi vorrebbe. Carrello, piastrelle, forno. Fino a quando entrava sempre più stanco trascinando i piedi nel forno, non è nemmeno l'ultimo carico, si lamentava.

Ora l'operaio è dentro il forno e sa che per oggi ha dimenticato mille cose: lasciare un po' aperto il finestrino dell'auto, dare il cibo ai criceti, svuotare la lavatrice (bucato da rifare), ma soprattutto... La porta in metallo si chiude dietro lui, pesantemente, implacabilmente: ha dimenticato di mettere il fermo alla porta del forno.

Caldo. Terrore. Combustione interna di grida impazzite e mani che tremano e stringono in uno spazio estremo ogni parte del corpo. Abbracciandosi non si consola. Inizia a gridare: aiuto! Sono chiuso dentro! Il forno!!! Muoio...

Una consapevolezza inappellabile: muoio. L'incredulità: impossibile morire così.

Gridò fino a perdere la voce, ma non lo udì nessuno.

Secondi piatti: cernia all'acqua pazza

Molle (no, non molle: *morbida*, così la definisce la gente ricca) e perfettamente insapore.

Badante sa che un piatto, per essere considerato chic, deve contenere la parola "acqua" nella presentazione.

L'acqua pazza non è altro che acqua, appunto, alla quale ha aggiunto la "dadolata di pomodorini pachino in crosta di sale del Mar Morto" della portata precedente. La cernia è stata annegata in due litri d'acqua, incartata nella stagnola e ha cotto per sei ore, fino a ridursi in poltiglia. Viene servita con l'incarto argentato (impossibile spostarla, vista la consistenza melmosa) dentro una teglia Thun a forma di pesce, guarnita con orsetti gommosi, ananas e mela tagliati a spicchi.

5. Storia di Zio: l'ago

Zio è il fratello di Zia. È bellissimo e possiede una fabbrica di vestiti che ha sedi in tutto il mondo. È ancora giovane, ma è molto amareggiato nel constatare che i suoi figli, che erediteranno l'azienda, sono una congrega di idioti. Zio è un *parvenue*: ha origini umili, ma la sua curiosità e un'innegabile intelligenza (lui non ha il dono della botta di culo) lo hanno portato ad accumulare una grossa fortuna. Ha cominciato la propria attività disegnando maglieria, che le sue sorelle tessevano in garage. Frequentando l'élite e vendendo a prezzi esorbitanti i suoi capi esclusivi, ha potuto assumere altre tessitrici, fino ad aprire un'industria di alta moda, che è diventata internazionale. I suoi clienti hanno in comune un reddito altissimo e i soprannomi Ciccio e Cicci: tra di loro si chiamano tutti così.

La famiglia acquisita non parla mai di lui e di cosa fa, perché considera vergognoso lavorare. Nelle lobby è bene accolto grazie al suo formidabile senso dell'umorismo e alle spiccate capacità comunicative.

La sua vita è un enigma irrisolto: perché frequenta il barboso trinciante mondo dei Cicci?

Perché sceglie di raccontare la terribile storia dell'ago?

– Era una bambina come te: le piaceva correre, giocare, si divertiva con poco. Faceva le torte di terra con le altre bambine, si arrampicava sui giochi pericolosissimi del parco, saltava la corda, immaginava scenari esotici che si aprivano nel cemento del quartiere. Indossava sempre una t-shirt nera, trovata in un cassonetto della Caritas, e un paio di jeans tagliati sopra al ginocchio, sfrangiati. Le era anche venuta una sorta di ossessione per un cappellino da baseball blu, enorme, e per le scarpe da tennis, le sneakers, come le chiamate voi giovani. Le portava sempre: basse, di tela beige, non importava che piovesse e si bagnassero, erano la sua copertina di Linus, il suo oggetto transazionale.

Un giorno, giocando a cercare i "sassi belli" tra la ghiaia delle aiuole, trovò un ago. Questa bambina, nonostante la giovane età, aveva un forte senso civico e, temendo che qualcuno si potesse ferire o pungere, portò l'ago alla nonna, perché lo mettesse al sicuro. La nonna non aveva un forte senso civico: lanciò qualche imprecazione insieme all'ago, che finì sullo zerbino nell'atrio del condominio. La bambina, delusa, tornò a giocare con i sassi e più tardi, rientrando, pestò l'ago, che attraversò la suola di gomma delle scarpe, le si conficcò in un piede, si spezzò ed entrò immediatamente in circolo. Era una piccola punta metallica, ma tagliava e mordeva, distruggendo le vene e gli organi interni, durante il suo passaggio rapido e inesorabile. Si fermò per qualche giorno nello stomaco e la bambina iniziò a vomitare sangue. La operarono immediatamente, ma l'ago si era spostato e le aveva tagliato i reni. La operarono di nuovo, ma l'ago aveva ripreso il proprio viaggio dentro il corpo della bimba e le aveva distrutto il fegato. La operarono almeno cento volte, per anni, senza ottenere nulla. Il dolore lancinante che scuoteva la piccola non trovava né sosta né sollievo, nemmeno con i più potenti antidolorifici. Alla fine, misericordiosamente, l'ago raggiunse il cuore e lo fermò.

Dolci: torta di pane di Santa Pazienza
È d'obbligo che i dolci di circostanza soddisfino l'ossimoro di essere dietetici e l'imperativo di essere orrendi. Brutti e disgustosi, non devono indurre in tentazione i commensali, né incrementare lo strato adiposo.
La torta di pane di Santa Pazienza è una variante di una

torta più nota, dedicata a un santo nazionale, il cui impasto va donato a increduli e disgustati amici, dopo che ha riposato per quattro giorni in frigo, inspiegabilmente senza scomporsi negli ingredienti di base. A differenza dell'originale, questa torta non va condivisa con amici e parenti, almeno non allo stadio larvale.

Al termine della preparazione, si presenta come sterco di mucca. L'impasto, compromesso da un riposo settimanale nel frigorifero, si compone di acqua, pangrattato, cacao amaro, chiare d'uovo per amalgamare il tutto. Emana un odore ripugnante.

6. Storia della Signora Pomposa: la bambina con le mestruazioni

La signora pomposa è una saccente e lontana parente di Mater. Gonfia e spelacchiata, non bella a vedersi (ma quando apre bocca è ancora peggio), ha sposato un uomo imbelle, che ha dilapidato il patrimonio di famiglia giocando alle slot machine. Si atteggia ancora a ricca matrona, ma indossa abiti striminziti e taroccati comprati in saldo al mercato delle pulci. Sfoggia con ostentata tracotanza quella che chiama "La mia borsa Livorno": un falso Louis Vuitton che ha ricevuto in dono da Mater. Non è ufficialmente divorziata, perché pare che il marito mascalzone sia fuggito (in realtà lo ha massacrato a colpi di roncola e lo ha sepolto sotto un'aiuola del giardino condominiale, approfittando delle vacanze di ferragosto e dello stabile deserto). La signora Pomposa legge cose in ordine sparso, pubblicazioni che accrescono la sua dilagante ignoranza e alimentano i suoi già imbarazzanti pregiudizi. Ritiene, quindi, di possedere la verità universale e si atteggia a grande sapiente.

Tutti, segretamente, sperano che muoia. Male.

La signora sa tutto di tutti. Sa persino che fine ha fatto veramente Elvis Presley, ma stasera sceglie di ammorbare i commensali con la storia della bambina con le mestruazioni.

– L'abbiamo vista tutti nel quartiere: alta e molto carina, con dei bellissimi capelli lunghi. Ma non è una ragazza di 18 anni: è una bambina di 6 anni, che ha alle spalle una storia terribile. Quando aveva cinque anni le è venuto il primo ciclo e ha iniziato a crescere, fino a raggiungere il metro e settanta di altezza in pochi mesi. Le è uscito il seno e anche i capelli le si sono allungati a dismisura. Ha anche avuto delle terribili febbri infiammatorie, perché il suo corpo non riusciva a sostenere i ritmi dello sviluppo. Allora i genitori hanno preso una decisione molto difficile: le hanno rimandato indietro il ciclo con una cura ormonale. Così ha smesso di crescere, ma è rimasta un mostro rispetto alle bimbe della sua età. La dovranno tenere a casa da scuola fino all'ultimo anno delle superiori, quando finalmente sembrerà normale, ammesso che non invecchi nel frattempo, perdendo denti e capelli. Inoltre gli ormoni le hanno fatto spuntare la barba e una peluria sparsa su tutto il corpo. Vista da lontano è proprio bella, ma avvicinandosi si nota il segno della barba rasata di fresco. E puzza, perché gli ormoni la fanno sudare. E secerne sebo, che la riempie di una brutta acne diffusa ovunque, tranne in faccia, dove però ha la barba (lo so, l'ho già detto, ma lo ripeto apposta, perché dovete capire quanto sia brutta e sfortunata quella bambina. E guida anche male: mi ha quasi investita ieri!).

Dolci bis: cheesecake alla robiola biologica con gelatina di marmellata di rosa canina al naturale (ovvero aspra e acida)

Alina ha cucinato una cheesecake senza base, mescolando la robiola con la maizena, per darle una consistenza un po' più solida e godere degli spasmi intestinali dei suoi datori di lavoro. Ha ricoperto la torta con una marmellata asperrima a base di rosa canina, che ha comprato in un negozio molto alla moda per l'imbarazzante somma di 30 euro (il vasetto contiene un etto di composta e l'assonanza con Giuda non è casuale). Ha mescolato nell'impasto un forte sonnifero, perché non sopporta più le voci cornacchievoli dei commensali. Non vuole colpire la bambina, ma è certa che Chiara non mangerà il dolce. Non è ancora abbastanza emaciata da sembrare appena disseppellita da una fossa comune dopo una carestia medievale, quindi la terranno a dieta.

7. Storia del nonno gentile: il respiro del gatto

L'ultimo racconto spetta al nonno gentile e silenzioso, che guarda con misericordia figli e nipoti, privo di disprezzo e con un infinito amore per la propria progenie. Il nonno proviene da una famiglia ricca e non è ben chiaro quale professione abbia svolto nel corso della sua lunga vita. Usciva di casa all'alba e tornava alla sera, dopo il tramonto. Nessuno gli ha mai chiesto dove andasse e lui, riservatissimo, non ha mai fatto parola delle proprie attività.

Il nonno ama profondamente tutte le creature viventi, ma soffre di aiulurofobia: ha paura dei gatti. Crede nelle mille dicerie che circondano questi dei decaduti: cercano di strappare gli occhi dei bambini, soprattutto gli occhi chiari, non si affezionano alle persone, sono solo opportunisti, sono un portale per l'inferno. Ti rubano il respiro di notte, se non li chiudi fuori di casa.

Da bambino amava profondamente queste creature eleganti e ronzanti. Il suo adorato felino nero lo seguiva ovunque e lo vegliava la notte, prendendo a unghiate gli incubi e riducendoli a brandelli. Ma un giorno, mentre giocava in un campo di erba appena segata, nonno ebbe una crisi respiratoria e svenne. Quando si svegliò, l'amorevole gatto nero era scomparso. I genitori gli dissero che aveva rischiato di morire soffocato, perché, dormendo ogni sera con lui, il gatto gli aveva rubato ogni respiro. Nel mondo reale si chiama *asma*, ma nel mondo della superstizione si chiama aiulurofobia: paura insensata per i gatti. E non guarisce mai.

Chiara ha sonno

In fondo al tavolo e in fondo alla stanza, siede tra loro, sbadigliando, una bambina annoiata. Il poco cibo cattivo e indigesto e l'essere chiamata in causa come esempio di dissennatezza stimolano il suo torpore, più che la sua rabbia. Chiara sa essere paziente e innocua. Ascolta senza giudicare e questo la rende immune alla trascuratezza e alla superficialità che la circondano.

LA STREGA SENZA FORNO

Non aveva mai veramente ucciso un bambino. Si limitava a farli ammalare con storie oscene e con i fiammiferi li bruciava un po'.

Ci pensava la casa, poi, a fare loro male.

Come quella volta che Laura si era tagliata la tempia correndo intorno al tavolo con il piano di vetro, con gli spigoli acuminati, molati perfettamente come fossero lame. Non era colpa della nonna se Laura aveva urtato proprio lo spigolo spezzato, che tagliava come un rasoio e non era colpa sua nemmeno se lo sfregio, curato con la penicillina, aveva sviluppato un tessuto cicatriziale rigido e sporgente. Era stata la casa. "Per non dimenticare. Meglio così no? Così starai più attenta a dove sbatti la testa", aveva detto la nonna, spingendo su Laura il suo dito nodoso, prima sul petto, poi sui punti dove la piccola soffriva di più il solletico e via e via, "La gallina ha fatto l'uovo", diceva, e quel dito entrava ovunque, fino a quando Laura non urlava, piangendo, ridendo isterica, senza forze. Laura si era tagliata perché non aveva voluto imparare la lezione. E la lezione era: il fuoco brucia, stai lontana dal fuoco.

Per insegnarglielo, la nonna l'aveva rincorsa intorno al tavolo, fermandosi solo per accendere un nuovo fiammifero. Le toccava le braccia e i dorsi delle mani con la fiamma, lasciando un leggero rossore. Stai lontana dal fuoco. Era più la paura che il dolore per le scottature a fare scappare Laura e sbattere ancora una volta la tempia contro il tavolo era per lei una liberazione: la corsa finiva e con essa il tormento del fuoco.

Laura pensava che fosse normale tagliarsi, escoriarsi, ferirsi e sanguinare e che tutte le nonne insegnassero la paura ai bambini. Ma quando venne la bambina dopo di lei e gli spigoli del tavolo furono coperti da paraspigoli di gomma; quando la nonna si avvicinava e la bambina la respingeva, la nonna se ne andava senza protestare e senza assestarle uno schiaffo che lasciava un'impronta come di bistecca; allora Laura capì che lei era stata scelta per qualcosa di malato.

Era stata scelta per la casa. Per la cosa nel ripostiglio, alla fine del corridoio poco illuminato. Era stata scelta per essere guardata con sguardi torvi dai quadri alle pareti, soprattutto dalla signora con i capelli grigi e il cammeo sul collo alto della camicia vittoriana. Scelta per essere morsa dal granchio di marmo che cambiava colore quando il tempo si faceva umido. Per ricevere sulla schiena, proprio sulla spina dorsale, le sedie che le cadevano addosso. Scelta perché i suoi piedi e le sue mani venissero afferrate da quello che viveva sotto il letto. Perché venissero tirate dalla nonna, che con forza la trascinava in giro per la casa e Laura non sapeva se avere più paura della stretta dolorosa, degli strappi, dello sbattere contro mobili e pareti o dell'essere lasciata all'improvviso, scagliata chissà dove.

Sveniva spesso, Laura. E non si sapeva il perché.

La nonna le aveva raccontato che era debole, malata. Laura hai sempre la febbre, a letto a letto Laura. Laura mangia il cervello lesso. Laura mangia il fegato, Laura mangia lo zabaione, Laura mangia tutte le cose che fanno più schifo ai bambini.

Laura non ha un aspetto sano: il fegato le colora le occhiaie di viola e lo zabaione con il liquore le fa venire la nausea e la pelle bianca. Laura con le unghie che sembrano di vetro e la frangia sempre troppo corta perché gliela tagliano "Una volta per tutte, così non ci pensiamo più". Mai nessuno che la prenda in braccio e la stringa forte. Mai per lei una carezza, così quando qualcuno prova a toccarla lei si ritrae, perché pensa che le stiano per dare uno schiaffo. È la stessa traiettoria della mano punitiva della nonna quella del panettiere che le vuole accarezzare i capelli e la guarda stupito mentre si ritrae impaurita. Laura non pensa nemmeno per un attimo che qualcuno la trovi graziosa e possa volerle bene per istinto. La nonna le ha detto che potrebbe morire, lei così debole che sviene per strada, lei che non mangia gli schifi che le danno, lei che senza la nonna non può uscire e non può vivere.

Poi, dentro la nonna c'è un'altra nonna, che ogni tanto viene fuori e la saluta con grande tenerezza. Ma la nonna dei fiammiferi se la rimangia subito e piange, inizia a piangere senza fermarsi. Davanti alla televisione, al telefono, da sola contro il muro della cucina. Piange e dice che nessuno le vuol bene, che ha vissuto solo una vita di fatiche e di grandi tribolazioni e adesso che Laura sta crescendo la gioia si fa sempre più inesistente. Colpa TUA Laura, colpa tua che cresci. Laura sempre più triste: anche questa è una colpa, dalla quale non può difendersi.

Colpa tua Laura. Colpa tua. Eri così bella da piccola. Non dovevi crescere!

COLPA COLPA COLPA
COLPA COLPA COLPA COLPA COLPA COLPA
COLPA COLPA COLPA
COLPA COLPA COLPA COLPA COLPA COLPA
COLPA COLPA COLPA
COLPA COLPA COLPA COLPA COLPA COLPA
COLPA COLPA COLPA
COLPA COLPA COLPA COLPA COLPA COLPA
COLPA COLPA COLPA
COLPA COLPA COLPA COLPA COLPA COLPA
COLPA COLPA COLPA
COLPA COLPA COLPA COLPA COLPA COLPA
COLPA COLPA COLPA
COLPA COLPA COLPA COLPA COLPA COLPA
COLPA COLPA COLPA
COLPA COLPA COLPA COLPA COLPA COLPA
COLPA COLPA COLPA
COLPA COLPA COLPA COLPA COLPA COLPA
COLPA COLPA COLPA
COLPA COLPA COLPA COLPA COLPA COLPA
COLPA COLPA COLPA
COLPA COLPA COLPA COLPA COLPA COLPA
COLPA COLPA COLPA

COLPA COLPA COLPA
COLPA COLPA COLPA COLPA COLPA COLPA
COLPA COLPA COLPA
COLPA COLPA COLPA COLPA COLPA COLPA
COLPA COLPA COLPA
COLPA COLPA COLPA COLPA COLPA COLPA
COLPA COLPA COLPA
COLPA COLPA COLPA COLPA COLPA COLPA
COLPA COLPA COLPA
COLPA COLPA COLPA COLPA COLPA COLPA
COLPA COLPA COLPA
COLPA COLPA COLPA COLPA COLPA COLPA
COLPA COLPA COLPA
COLPA COLPA COLPA COLPA COLPA COLPA
COLPA COLPA COLPA
COLPA COLPA COLPA COLPA COLPA COLPA
COLPA COLPA COLPA
COLPA COLPA COLPA COLPA COLPA COLPA
COLPA COLPA COLPA
COLPA COLPA COLPA COLPA COLPA COLPA
COLPA COLPA COLPA
COLPA COLPA COLPA COLPA COLPA COLPA
COLPA COLPA COLPA
COLPA COLPA COLPA COLPA COLPA COLPA
COLPA COLPA COLPA

COLPA COLPA COLPA COLPA COLPA COLPA
COLPA COLPA COLPA COLPA COLPA COLPA
COLPA COLPA COLPA COLPA COLPA COLPA
COLPA COLPA COLPA COLPA COLPA COLPA
COLPA COLPA COLPA COLPA COLPA COLPA
COLPA COLPA COLPA COLPA COLPA COLPA
COLPA COLPA COLPA COLPA COLPA COLPA
COLPA COLPA COLPA COLPA COLPA COLPA
COLPA COLPA COLPA COLPA COLPA COLPA
COLPA COLPA COLPA COLPA COLPA COLPA
COLPA COLPA COLPA COLPA COLPA COLPA
COLPA COLPA COLPA COLPA COLPA COLPA
COLPA COLPA COLPA COLPA COLPA COLPA
COLPA COLPA COLPA COLPA COLPA COLPA

Io ho solo sei anni.
Dove vanno a finire i miei desideri?
Perché sono sola?
Non è vero che sono malata!
Io non sono malata. Non voglio essere malata.
Non voglio avere paura. Io non morirò e nessuno mo-
rirà per causa mia.
Nessuno mi ascolta.
Perché sono qui, se nessuno mi vuole?
Perché nessuno mi vuole?
Qual è la mia colpa?

Mentre la luce del giorno degrada dal grigio chiaro al
grigio scuro nella stanza senza tende, Laura gioca sola
in un angolo, nascosta dietro la credenza.
La nonna entra solo quando il grigio è ormai nero e
tutta la stanza è buia come un pozzo.

Le accende la luce seccata: scema che sei, potevi accendere la luce, invece di stare qui al buio! E se veniva la strega?!?

Che cosa stupenda da raccontare: se ne stava sola al buio la cretina, invece di accendere la luce. Sfidava la strega.

Carina da raccontare alle cene con i parenti: Laura è scema, Laura è pazza, se ne sta da sola al buio, con la strega nascosta che se la mangia.

Le mangia il naso, per prima cosa: eccolo qua, uno scherzo che tutti le fanno, tenendo il pollice infilato tra indice e medio.

Sempre.

Poi la nonna la guarda severa, aggrottando le sopracciglia, e con la voce aspra le dice: non ti mettere mai le dita nel naso, se no ti viene come il mio. La nonna ha un naso grande, lungo, che termina con un'escrescenza pendula. La nonna che si caccia le dita nel nasone e pesca muco è una visione insopportabile anche per un adulto. Troppo per Laura, che è piccola, anche se la accusano di essere cresciuta.

Stai vivendo?

Stai vivendo per amare?

Cosa mi sta succedendo?

Perché nessuno mi vuole più bene?

Perché nessuno parla con me?

Perché sono nata?

Perché la strega non mi mangia davvero?

Lo ha davvero trovato un bambino morto sotto il letto o lo ha solo sognato?

Lo ha ucciso la nonna o lo ha ucciso la casa?

Cosa è reale e cosa è solo nella sua mente, che è sempre più confusa e dissestata?

Stai vivendo?
Stai vivendo per amare?

Il corridoio è molto lungo. I muri sono bianchi, ma lasciano trasparire del grigio, come se fossero le pareti scabrose di una grotta. C'è odore di salnitro, buono quando ci sono tante bambine, ma cattivo quando Laura è sola.

C'è una luce in fondo al corridoio: è il fuoco che la nonna ha acceso sotto il calderone. E dentro il calderone mescola della roba bianca e molle. Oddio sono bambini morti!

No, sono le lenzuola, bianche, bianchissime e pulite. Come sudari.

Le fa bollire dentro il calderone e le mescola mescola mescola mescola.

Poi le tira fuori e le sciacqua nel lavatoio di pietra.

Poi le strizza e le sbatte e il rumore fa saltare di spavento Laura.

Le fanno paura il grembiule di gomma che ha la nonna, il fazzoletto nero che le raccoglie i capelli e gli stivali lucidi.

Le fa paura l'odore del sapone. E i colori che il fuoco proietta sulle pareti. C'è qualcosa di sbagliato nella nonna che lava e mescola in cantina, al buio, con i colori del fuoco sulle pareti bianche infiltrate tra le macchie grigie.

Mescola mescola mescola mescola mescola mescola
mescola Mescola mescola mescola mescola mescola
mescola mescola Mescola mescola mescola mescola
mescola mescola mescola Mescola mescola mescola
mescola mescola mescola mescola Mescola mescola
mescola mescola mescola mescola mescola Mescola
mescola mescola mescola mescola mescola mescola
Mescola mescola mescola mescola mescola mescola
mescola Mescola mescola mescola mescola mescola
mescola mescola Mescola mescola mescola mescola
mescola mescola mescola Mescola mescola mescola
mescola mescola mescola mescola Mescola mescola
mescola mescola mescola mescola mescola Mescola
mescola mescola mescola mescola mescola mescola
Mescola mescola mescola mescola mescola mescola
mescola Mescola mescola mescola mescola mescola
mescola mescola Mescola mescola mescola mescola
mescola mescola mescola Mescola mescola mescola
mescola mescola mescola mescola Mescola mescola
mescola mescola mescola mescola mescola Mescola
mescola mescola mescola mescola mescola mescola
Mescola mescola mescola mescola mescola mescola
mescola Mescola mescola mescola mescola mescola
mescola mescola Mescola mescola mescola mescola
mescola mescola mescola Mescola mescola mescola
mescola mescola mescola mescola

Mescola e poi...
Cosa rimane?
Sei proprio sicura che questa sia la tua vita?
Stai vivendo?
Stai vivendo per amare?

Troppi corridoi bui nella vita di Laura, e se non li attraversa la sgridano, perché lei deve avere paura di ciò che vogliono **loro** e non di ciò che la spaventa casualmente. Veramente.

Tutti i bambini hanno paura dei corridoi, con le porte che si possono aprire all'improvviso e trascinarti dentro a varchi che nemmeno ti immagini.

Laura li aveva visti i varchi, nel libro che c'era nella sua stanza.

C'era una zucca che suonava come una cornamusa, posata su un piatto, e sul piatto danzava un uomo senza braccia, a forma di pera, con le gambe corte e avvolto in un lenzuolo. Danzava un uccello con le gambe lunghe e il ciuffo che arrivava fino a terra, tenendo per mano un uomo nudo e reggendo uno stendardo nella sinistra. E danzava una dama in un abito dal lungo strascico, seguita da un uomo nudo che non poteva camminare sul piatto.

E sotto il piatto c'era la testa gigantesca di un uomo che osservava sè stesso tramutarsi in un uovo, all'interno del quale banchettavano quattro uomini, distribuiti lungo un tavolo ovale.

No: proprio non voleva finirci là dentro. Le stanze erano già brutte quando non si aprivano sui varchi, con tutte quelle piccole piastrelle verdi e gli occhietti sui pavimenti. In certe stanze i pavimenti erano neri e in altre marroni, ma erano sempre pieni di strane creature. Forme come conchiglie, ma altre come occhi, che per non calpestarli continuamente non avresti dovuto camminarci sopra. E nella penombra c'erano anche delle cose, che non erano persone, ma quasi, e se ti afferravano eri finito. Così anche se ti buttavano nel calderone. C'era una nonna, in un paese vicino, che aveva fatto il sapone con le amiche e lo aveva regalato in giro, e tutti quelli che la conoscevano si erano cosparsi con i cadaveri bolliti e trasformati in sapone.

Ma che senso avevano tutti i corridoi e fare finta di avere paura solo della strega, che comunque non la aveva mai toccata?

E se era la nonna la strega? In fondo era solo lei che la picchiava e la scottava con i fiammiferi. E poi le raccontava delle cose.

Le aveva raccontato che alcuni *maschi* avevano preso una bimba e le avevano infilato un ferro lungo *laggiù* e lei era tornata a casa piangendo e sanguinando. Questo per dirle che i bambini lo fanno sempre: gioca solo con le femmine, che i *maschi* ti tolgono le mutandine e ti mettono un ferro *laggiù*.

Ci sono case che possono uccidere con la loro bruttezza, con le piastrelle verdi, gli spigoli acuminati e gli occhietti aperti nei pavimenti.

E ci sono racconti che possono uccidere con la loro volgarità.

Perché la strega uccideva? E perché così lentamente, giorno dopo giorno?

L'avrebbe cotta nel forno?

La nonna non aveva il forno perché non cucinava le torte. Mai.

Niente di dolce nella sua vita. Né per sé, né per gli altri.

Che vita è senza dolci?

Stava vivendo?

Stava vivendo veramente?

Stava vivendo per amare?

Nonna, le chiese un giorno Laura: la tua mamma aveva il forno?

No, piccola, le rispose la nonna con tanta nostalgia nella voce. Non lo aveva.

Povera, triste strega senza forno. Non era mai stata veramente cattiva. Non aveva mai voluto veramente uccidere e nemmeno spaventare. Il tanto amore che aveva da dare aveva solo un sapore strano, perché nessuno aveva mai cucinato una torta per lei.

LA VOLPE E L'UVA

Canidi. Siamo canidi, ma ci credono gatti.

Mi piaceva tanto quel grappolo d'uva nera, tra il blu e il viola. Lo desideravo con passione, in modo irragionevole. Tutti i giorni ero lì a guardarla: il suo colore mi saziava, il suo profumo, vago perché lontano, mi inebriava e mi rendeva folle, estranea persino a me stessa. Non desideravo altro che lui: quel magnifico grappolo d'uva sospeso a tre metri sopra la mia testa. Irraggiungibile e, come tutte le cose irraggiungibili, irresistibile. Lo desideravo talmente da sentirlo bruciarmi dentro ogni giorno, ogni mattina quando aprivo gli occhi, e solo la notte mi dava sollievo, quando non sognavo di lui.
Era in ogni mio pensiero: lo pregustavo nella sua dolcezza, nel cedere sensuale dei chicchi sotto i miei denti, non freddi non caldi, tiepidi per il settembre arancione e rosso e giallo che aveva ricoperto la campagna.
Dicono che un gatto possa saltare cinque volte la propria altezza, ma io non sono un gatto: sono una volpe non scaltra. Ardita, fantasiosa, ma non astuta e non furba, non dotata di quella malizia che salva le creature della mia specie.
Forse sono ancora viva grazie al mio aspetto: non lo sono, ma sembro un gatto, così, invece di prendermi a

fucilate, la gente preferisce accarezzarmi. A volte. Spesso mi inseguono per dare sfogo al proprio sadismo: umani sociopatici!

Allora sono ancora qui: non so quanti giorni siano passati e sono ancora qui, sotto il mio stupendo, incantevole grappolo d'uva, a guardarlo con gli occhi appannati di desiderio.

Non so perché, ma oggi so che lo prenderò. Infatti salto e lo prendo!

Non è come mi aspettavo, tuttavia la fretta e la malia della passione mi inducono a saziarmene con trasporto, senza quasi assaporarlo. È meno tenero di quanto immaginassi, meno succoso: è **meno**, come tutte le cose che hai desiderato troppo a lungo. Meno bello meno buono di quanto pensassi.

Una volpe, un giorno, dopo avere guardato a lungo un grappolo simile al mio, se ne andò senza averlo raggiunto, consolandosi con un "tanto non era maturo".

Anche il mio grappolo d'uva non era maturo ed era pure intriso di veleno.

Ho dormito tra la vita e la morte per molto tempo, dovendo la mia salvezza a chi, scambiandomi come al solito per un gatto dalla coda lunga e folta, mi ha curato con mille premure.

È passato un anno e non sono più la volpe (o il gatto di prima): sono magra, sciupata, non sono più io. Tranne che per una cosa: è di nuovo settembre e sopra il mio naso, in alto, lontano da terra pende un meraviglioso grappolo d'uva nera blu viola.

Quanto lo desidero: darei la mia stessa vita per averlo!

AGLI DEI ULTERIORI

Ci sono dei ulteriori, che non osiamo denominare per non dare loro forma e identità. Sono Caos, Entropia, Dolore, molto più clementi degli dei venerati. Indulgenti verso la curiosità, dispensatori di conoscenza, comminano dentro una luminosità oscura.

Non fu per caso che mi imbattei in loro: li cercai dentro migliaia di pagine, di centinaia di libri. Non fu per caso che mi imbattei in te, angelo della nebbia, con la tua saggezza e la tua vita al contrario: il contrario delle regole, il contrario dell'infelicità, il contrario della disperazione, il contrario di tutto ciò che è cupo e senza redenzione.

Non ti trovai per caso: mi osservavi da tempo e sapevi che ero una di voi: pazzi, vi chiamano, quando vi condannano al silenzio. Intagliatrice di prose, io. Tu esperta in molti saperi, forse tutti, tranne le lingue morte, perché di morto in te non c'è mai stato nulla.

Ci trovammo nella stessa prigione, mentre i custodi dell'ignoranza cauterizzavano le nostre ferite, che loro stessi avevano prodotto dopo averci tagliate. Ma tu fuggisti prima di me, verso la libertà, perché eri più forte, più determinata e meno disillusa. I germi di quella religione recente e insulsa si erano radicati profondamente in me, senza che ne fossi consapevole, e avevano creato catene difficili da spezzare. Catene di tendini e di organi interni che fuoriuscivano da me,

fondendosi con il pavimento e con i muri della cella.
Eppure, nonostante tutto, ero viva. Mi bastava un tuono lontano, il suono della pioggia, l'odore della polvere dopo il temporale per essere immotivatamente viva.
Moriamo ogni sette anni. I nostri ricordi, o meglio i loro simulacri, vengono innestati in un nuovo corpo, che ci viene lasciato da persone che lo hanno utilizzato per sette anni. L'ultimo corpo che abitiamo è un corpo morto, un cadavere, che viene abbandonato da chi si prepara ad occupare un embrione, poi un feto, poi un neonato. Allo stadio prenatale e neonatale i tempi di permanenza in un corpo si riducono a pochi giorni o mesi. Siamo sempre noi, in mille vite, con tutto il bagaglio di ricordi che il nostro cervello riesce a contenere e che si azzerano allo stato embrionale, lasciando vaghe e confuse tracce di vite precedenti. Durante gli stadi delle nostre esistenze, passiamo attraverso l'azione purificatrice, ovvero caustica e dilaniante, del culto ufficiale, che rende stabile la convivenza sociale.
In uno dei miei tanti corpi-serie ero un ragazzo, ostracizzato dalla società per i suoi gusti sessuali, estetici, artistici, musicali, politici, letterari. Per. Tutto.
Mi affidarono a dei controllori severi, in forma di genitori disfunzionali. Misero alla prova la mia capacità di resistere a ogni limitazione di pensiero e di libertà, mi imposero dogmi e stereotipi e la mia mente si spezzò in mille frammenti, con risultati imprevisti. Mio padre mi gridava il suo disprezzo ogni giorno. Mia madre, sullo sfondo, approvava, o forse no, di fatto non spendeva una parola in mia difesa. Sarebbe nato un fratello "normale", a breve, che avrebbe riscattato la mia vergogna, che sarebbe stato tutto quello che non ero io e che

avrebbe condiviso e invaso la mia camera e la mia vita. Quella sera avevo quindici anni. La discussione era stata la solita, però mi aveva ferito di più, aveva tagliato in profondità. Le parole erano le solite: fai schifo, mi vergogno di te, perché non potevo avere un figlio normale? Normale, cioè dedito al culto, a un dio ignoto, che ci aveva esiliati su un pianeta moribondo per pura malvagità. Un dio oltremodo vendicativo, che odiava la genia degli uomini e continuava a perseguitarli, perché forse non erano davvero suoi figli o sue creature. Perché trasgredivano le regole. Ma il mio dio era il dio della conoscenza, quello che non premia e non punisce, che ha già il proprio dolore da metabolizzare e per questo non cura e non dispensa dolore agli altri. Quella sera, prima che la mia memoria venisse parzialmente resettata e trasferita in un altro corpo, uccisi. Padre e madre, nel modo più cruento possibile, con rabbia, senza misericordia, né per me né per loro. Non fu liberatorio: fu mortalmente, insopportabilmente triste. Non provai gioia, né ebbrezza, ma solo disperazione e un senso di vuoto che non avrei mai più riempito, perché una frattura profonda incideva la mia anima in quel momento e in quella casa brutta, marrone, fintamente elegante, disperata nel suo disordine, con ragnatele e spettri appesi alle pareti come quadri. La mia ex casa marrone. Anche di questo ero colpevole: di avere chiesto un po' di blu per la casa marrone. Lasciai il mio corpo alle tre di notte, l'ora in cui ero nato e rimasi a vagare per anni, senza che il mio sgomento e la mia incredulità potessero trovare un corpo affine.

Mi ritrovai, infine, nel corpo di una donna di mezz'età, che viveva un rapporto simbiotico con il marito. Non era un amore idilliaco: era un amore malato di dipendenza, di un senso della realtà vacillante, ma era comunque amore, più di quanto avessi mai avuto prima. Abitavamo in un appartamento marrone, con mobili brutti, ma, a nostro modo, eravamo felici. La nostra casa e noi eravamo tutto ciò che avevamo dopo una vita da formiche operaie, spesa per accumulare i nostri oggetti e i nostri brutti mobili. La quieta ruotine che avevamo instaurato era rassicurante. Mi ricordavo vagamente la paura, il biasimo, le prese in giro crudeli, ragazzini come me che non ricambiavano il mio amore, che mi chiamavano pervertito. Come donna, potevo amare gli uomini, tutti quelli che volevo, ma io amavo solo lui, da sempre. Eravamo cresciuti in un paesino minuscolo, ci eravamo incastrati alla perfezione, facendo combaciare sogni e demoni. Eravamo criticati e schedati come bizzarri, perché anche lui non aderiva ai rituali di accettazione. In due si è più forti ed è più facile resistere alle ingiurie dell'omologazione forzata. In qualche modo, sentivo che quella brutta casa non era frutto delle mie scelte, però mi bastava il mio amore, per me stessa e per lui. Immagino che la donna che occupava questo corpo sia migrata nel mio devastato involucro prigioniero nell'ospedale psichiatrico: è la legge. Sette anni passano in fretta, vorrei dirle, non disperare, sei un bel ragazzo, intelligente. Devi solo resistere al delirio delle sbarre e del disprezzo che proverai per delitti che non hai commesso, poi le visite psichiatriche ti piaceranno e nei gruppi di condivisione potrai incontrare altri esuli. Ma non è vero. La verità è che starà malissimo e ne uscirai irrimediabilmente spezzata.

Sono felice di essere qui con lui, di poter amare, anche se vivo nel paese più pestifero di tutto il creato, con la comunità più ottusa che ci sia. Ora che siamo in due il pettegolezzo non ci sfiora, non ci importa di nulla. Ora sono "normale", come dicono gli altri e come, forse, sarebbe stato il figlio mai nato dei miei tirannici e spossanti ex genitori.

È una notte di pioggia e di vento, di quelle che ho amato in tutte le mie vite. Nel quartiere c'è silenzio, come sempre. I bambini sono cresciuti e se ne sono andati, rimaniamo noi adulti, rinchiusi nei nostri silenzi carichi di mistero. Dietro ogni finestra c'è una vita che ci è estranea: desideri, malattie, noia, consuetudini, sorprese, tutto è precluso alla nostra conoscenza. C'è una realtà, oltre la nostra realtà, che preme e scricchiola per uscire e rivelarsi, ma che rimane buia ai nostri occhi.

È in una sera di pioggia che li sentiamo arrivare: sono una giovane coppia. Traslocano nel temporale urlando, ridendo, rompendo oggetti. Perché siano ubriachi e folli ci sarà chiaro nei giorni seguenti. Lui è uno spacciatore. Lei sta per partorire la più insensata delle creature frignanti e intossicate da sostanze psicotrope, che notte e giorno urlerà e piangerà senza interruzione. Il viavai di clienti è incessante. Le feste sono continue e ammorbano la nostra quotidianità. È la legge: non c'è pace per gli assassini.

La nostra quiete viene straziata da estranei, ci sentiamo invasi, posseduti, eviscerati. Non c'è un luogo nella nostra casa e nelle nostre menti che non risuoni di pianti e risa, urla, rumore di cocci e di quanto più fastidioso possa devastare le nostre ambizioni di quiete. È una vertigine che ci assale progettare la nostra rinascita. Ci unisce ancora di più, sublima il nostro amore, che non ha mai conosciuto incrinature. Lui è forte e mi sostiene con le proprie certezze. Ti fidi di me? Me lo chiede sempre, come se ribadisse che non dà nulla per scontato. Sì, mi fido di lui. Ci sembra facile poter addossare la colpa alla comunità di tossici che circonda questa triade rumorosa.

È sera, busso alla porta, mi apre la donna strafatta. Le dico che le stanno rubando la macchina, ma lei non capisce. Le dico che sento odore di gas provenire da casa sua, ma lei, con un filo di bava colante, mi risponde qualcosa di incomprensibile. Le dico parole senza senso, in ordine sparso, e mi fa entrare dimenticando la porta aperta. La colpisco alla schiena con un coltello da pane, di quelli banali, che si vedono nei film horror. Lei cade prona e la rigiro, perché voglio guardarla in faccia mentre muore. La pugnalo dieci, venti, non so quante volte. Sembra un movimento leggero, ma domani avrò male al braccio e alla spalla. Lui entra per uccidere il marito, ma non lo trova: è in viaggio di affari, è andato a contrattare una nuova partita di droga. Il piccolo dalla capacità polmonare imponderabile strilla. È tutto il giorno che strilla. Lui lo fa a pezzi, lo pugnala con una rabbia ancestrale, che racchiude mesi di notti insonni, di mal di testa, di denti digrignati, di pugni stretti. Non lo vede come un innocente, ma come un odioso somministratore di tedio.

Tornati a casa, buttiamo scarpe e vestiti e ci puliamo dal bagno di sangue, che ci fa sembrare carne macellata. Poi andiamo a cena in paese: conserveremo lo scontrino, questo sarà il nostro alibi. A questo punto so già cosa mi aspetta: non usciamo mai a cena e sarà proprio l'alibi che ci siamo creati a destare i sospetti della polizia. Inoltre non ci hanno mai visti nei luoghi della socializzazione e questo fa di noi due persone deprecabili e sospette. Ma non resto per vedermi condannare: è tempo di trasferirmi in un altro corpo. Questa volta, non vago in attesa di placare il mio sgomento: voglio abbandonare questa vita insensata e piena di morte: è tempo di passare oltre.

La mia nuova vita comincia nel dolore: madre mi sta sfondando il cranio con un posacenere. Sei, sette, dodici colpi, smetto di contarli ma non muoio: soffro, sento tutto l'odio di madre e mi chiedo perché abbia voluto la mia nascita e in cosa la ho delusa. Perché? Ho solo sette anni e non merito tanto odio e tanto disprezzo. Non sono colpevole, ne sono sicuro. Non ho fatto niente. Mia madre ha avuto una depressione post partum, dicono, ma io so, basandomi sulle mie ex vite, che mi odia e non sa nemmeno perché. Pensava che potessi essere una bambola da vestire e mostrare a tutti, che fossi il suo orgoglio plastificato e muto, ma un bambino piange, mangia, vomita, evacua ogni tipo di fluido. Un bambino sorride, ride, si intristisce se lo sgridano sempre, si spaventa quando gli adulti urlano. Un bambino non è un'emanazione dei genitori, ma ha da subito una vita propria e a mia madre la mia vita non piaceva. Era infastidita se cercavo di raccontarle qualcosa, ma se non parlavo diceva che ero ingrato, sempre immusonito, triste, deprimente. Non ci trovavamo d'accordo su nulla: vestiti da indossare, film da guardare, libri da leggere, sogni da sognare. Niente. Le dicevo che da grande sarei diventato un medico e avrei curato le persone malate, anche lei, che piangeva e mi picchiava sempre. Le dicevo che da grande le persone avrebbero pagato per ascoltarmi e non mi avrebbero ignorato come faceva lei. Lei mi rispondeva che ero troppo stupido per fare il medico. E troppo malato per vivere. Sono morto per il cranio sfondato, ma da molto tempo madre cercava di uccidermi. Mi ha affogato nella vasca da bagno. Mi ha avvelenato con una minestra alla candeggina. Mi ha buttato per terra quando ero un neonato. Mi odiava perché sopravvivevo. Mi odiava perché odiava prendersi cura di me. Mi disse che aveva rischiato di morire durante la gravidanza e durante il parto, perché ero cattivo. Mi disse che era ammalata perché ero cattivo. Mi disse che era triste e sola, perché ero cattivo.

Ero cattivo.

Mi sarebbe piaciuto esserlo.

Eppure facevo ogni cosa per compiacerla. La accompagnavo a fare la spesa e portavo le borse più pesanti. Madre si fermava sempre a chiacchierare con donne che segretamente disprezzava e raccontava loro quanto fossi stupido, impacciato e una costante fonte di guai. Mi accusava di ogni crimine possibile, compresa l'avarizia. Mi prese a sberle perché disse che le avevo rubato le collane d'oro. Mi picchiò perché avevo i capelli sporchi e non voleva lavarmeli. Mi strofinò gli occhi col sapone quando a scuola si accorsero che ci vedevo male e dovetti mettere gli occhiali. Mi chiuse a chiave nel ripostiglio quando urlai svegliandomi da un incubo. Mi legò al letto quando le chiesi da bere durante la notte (in fondo era lei che mi aveva costretto a mangiare un pasto salatissimo). Ero felice di andarmene, finalmente. E sapevo che l'avrebbero presa per il mio omicidio, perché mia madre era un'idiota, una pazza demente, che aveva disseminato prove ovunque. Aveva il mio sangue sul pigiama, sulle ciabatte, sui capelli. Il mio sangue era sui muri e sui quadri, sul pavimento e in tutta la casa, perché lei lo aveva calpestato, spargendolo dappertutto, anche in auto. L'avrebbero presa e avrebbe provato cosa significa essere odiati e disprezzati.

Me ne vado con il compiacimento di una persona vendicativa e piena di rancore. Me ne vado, madre, ma tu la pagherai. Il tuo ciclo si interrompe e ricomincia qui per sempre, nella vergogna. Tutti sapranno che tu sei malvagia e ingiusta, che uccidi i bambini in mille modi, che non sei una madre ma un'inutile, mostruosa assassina. Tu abiterai per sempre il tuo corpo da assassina.

Sono eternamente nella prigione, in attesa di nuove torture, felice che tu sia lontana e libera. Sono qui per una non scelta, per una mancanza di progetti di vita, letargica e spenta. Mi fermo qui a osservarmi, senza troppo indulgenza. Sono incollata a questa prigione, più il corpo che l'anima, che fluttua legata a qualcosa di moribondo.

Mi piace non scegliere. Mi piace non uccidere. Mi piace non essere uccisa.

Ti vedo nella cella e invidio la tua pigrizia e la tua indolenza. Ti basti e ti completi, mentre io non mi posso fermare, devo trovare un compagno per non abitare più corpi da assassina.

Mi accadono persone improbabili, mentre mi incarno in corpi di donna in un loop perenne.

Lui sembrava perfetto, sembrava che comprendesse esattamente tutti i miei pensieri, avevamo gli stessi gusti (ma, ripensandoci meglio, si limitava ad annuire).
Lo rivedo ancora, come in un film un po' sfocato. Un ometto secco e nervoso, scuoiato, più che rasato, ossessivamente dedito al culto della palestra, con un ridicolo pizzetto bianco, e io lo confondo con l'uomo della mia vita, quello che mi libererà dall'eterno destabilizzante divenire. Sembra commosso quando gli parlo dei miei progetti di vita, gli si inumidiscono persino gli occhi, ma probabilmente è un reflusso gastrico.
Chiacchieriamo con impegno e (apparente) reciproco interesse. Annuisce entusiasticamente, ma dà risposte disassate rispetto a quello che stiamo dicendo. All'inizio tante risate, poi diventa pedante. Ha letto un articolo di Chomsky in gioventù e diventa il tormentone di ogni conversazione. Inoltre palesa una curiosa fobia per il cibo (e una straordinaria avversione alla vita). Usciamo a cena e non mangia perché ha la gastrite. Andiamo in gelateria e non mangia perché non ingerisce zuccheri semplici. Andiamo al ristorante giapponese e non mangia perché detesta il pesce (e ogni tipo di cibo, spezia e antani presente nel menu). Meno lui mangia, più mi sale la fame chimica. Progettiamo di andare al cinema. Mi deve dimostrare che il cinema gli piace, mi ha detto: sonocomete, il cinema è la mia grande passione, ma una sciatalgia, causata da un sollevamento pesi sbagliato in gioventù, lo costringe a recedere. Il dolore dura quanto il passaggio di "Titolo a scelta": tre settimane. In queste tre settimane ci vediamo solo a casa sua e guardiamo solo film che sceglie lui, perché non è attrezzato per vedere film che porto io (il lettore dvd

si è rotto proprio quando avremmo guardato xyz e la presa usb della tv è impegnata da una chiavetta. INAMOVIBILE. Evidentemente fusa con la presa, proprio un simbionte). L'audio bassissimo: non capisco nulla di quello che dicono i protagonisti. Una luce intensa accesa dietro lo schermo tv: torno a casa con gli occhi che sanguinano. Il divano è un blob di pelle scivolosissima, un lottatore di sumo con il quale non ho alcuna speranza di vincere. Ma lui mi intrattiene: mi succhia il collo e mi mette il naso nell'orecchio. Non ho detto: mi bacia il collo. Mi fa una sorta di succhiotto da bambino, continuo, senza intensità. Chissà cosa significa per lui? Per me: fastidio.

Arriviamo al bivio: lui mi rinfaccia di essere diventata fredda e mi pianta il muso, mi fa i dispetti, fissa appuntamenti che disdice all'ultimo minuto. Inizia la stagione degli amminoacidi e puzza come un cadavere in avanzato stato di decomposizione. La dieta dello sportivo: proteine e integratori. Mangiare mai.

Lo odio, spero che lo colga una combustione spontanea, lasciando di lui solo un mucchietto di cenere. E mentre valuto quando lasciarlo e se provare a mantenere un'amicizia, ecco il deus ex machina: gli parlo di "Titolo a scelta", dicendogli che l'ho visto e mi ha delusa. E lui, dopo mille pianti di rammarico per averlo perso, si sbaglia e mi dice: "Lo sapevo che era brutto. Ho letto le recensioni, per questo ho fatto di tutto per non venire a vederlo".

Abbandono questo corpo prima di colpirlo con un pesantissimo stivale New Rock. Mi dispiace per chi prenderà possesso di questa vita dall'inquietante senso dell'umorismo.

Comincio una nuova esistenza piena di speranza. Mentre tu ti appaghi della tua solitudine, che io percepisco come eroica e tu come normale, mi affido al karma, che mi immerge nel consueto tedio seriale. Ho accettato un appuntamento al buio (in realtà è il nipote di un'amica e sembra corrispondere alle mie aspettative: serio, romantico, in cerca di una relazione stabile).

Il tizio è particolarmente ripugnante e totalmente impermeabile all'ascolto. Mi chiede ripetutamente notizie di un amico morto di recente, del quale ha letto nella cronaca locale. Nonostante ribadisca più volte che non me la sento di parlarne, perché mi fa soffrire, lui continua a insistere, con una curiosità che definire "morbosa" sarebbe oltremodo generoso. Va avanti così tutta la sera. Di quando in quando ritorna sull'argomento, a intervalli di circa 20 minuti, come se fossero un lasso di tempo più che sufficiente per elaborare un lutto.

Mi ha invitata a cena fuori, in un localino che conosce lui, dove pare che facciano una grigliata mista superlativa. Ovviamente senza verdure! "Non sarai mica vegana!?!", esclama il tizio con una tremenda espressione di disgusto diffusa olisticamente su tutto il corpo (però mi piacerebbe sapere come ha fatto: questo è proprio notevole). Devo anche capire perché io, onnivora, non possa chiedere verdure quando sono in compagnia di costui.

Il localino è un pub attrezzato per il karaoke, frequentato da persone la cui età media si aggira intorno ai 14 anni. Io ne ho 150 o forse di più. Oltre a noi e cinque o sei ragazzini, il locale è completamente deserto e come sottofondo abbiamo una partita di calcio con un volume veramente da stadio. Ma lui sembra ignorare la situazione grottesca e prosegue stoico nel raccontarmi della sua vita, di come le donne non lo capiscano e, soprattutto, ma davvero è morto così male il mio amico?

La grigliata favolosa ("Dai prendila – dice lui – che vedrai che poi la mangi anche se sei vegana") in realtà è favolosamente triste: un wurstel seriale con un vago odore di plastica, una salsiccia di dimensioni infinitesimali, un petto di pollo traslucido e una fettina di carne di difficile identificazione. Di ritorno dal bagno, con un tempismo assolutamente particolare, mi porge un calice di vino "Rosso dolce come piace a te" (giusto cinque minuti prima gli avevo spiegato la mia avversione per il vino di ogni tipo). Mi domando da dove provengano gli analfabeti funzionali. Al termine della cena, che ho definito "Terribile", il tizio si autoinvita a cena da me la settimana seguente, proponendomi: una cenetta che cucini tu, noi due scalzi sul divano a parlare e poi fare all'amore. Quando minaccio di denunciarlo se si ripresenterà alla mia porta, capisce che la serata non mi è piaciuta. Ma devo insistere perché se ne vada e, mentre lo minaccio di morte, mi sovviene un déjà vu che mi fa desistere da ogni proposito che implichi la minima forma di violenza e mi fa aggiungere un "per favore" al discorso. Non che il tizio abbia compreso quale stanca, avvelenata e velenosa arpia io sia stata, ma non voglio tornare nella cella.

Sacrifico agli dei del tedio i rimanenti mesi di questa esistenza e mi infilo nell'ennesima storia d'amore senza amore.

Questo nuovo partner è partito con i migliori auspici, ma si è putrefatto sotto i miei occhi in meno di tre mesi. Abbiamo cominciato discutendo di zen e satori e mi sono ritrovata a guardarlo, incredula, mentre si scaccolava a cena, al ristorante. Però prima si era assicurato che nessuno nei tavoli accanto lo stesse guardando. E si è anche premurato di farmi vedere le narici dilatate e di chiedermi se spuntasse roba. Quest'uomo è emetico. Il motivo per cui l'ho lasciato, comunque, è un po' più impegnativo: mi ha stretto le mani intorno al collo, perché non ha capito una mia battuta e ha pensato che lo stessi insultando. Ululava alla luna. Ridendo gli ho detto: sei proprio pazzerello.

Si spezza qui il tributo agli dei ulteriori. Posso essere una donna libera e felice, sia sola che con un uomo intelligente e gentile.

Io non sono carne da macello. La mia libertà non è una cella. Io sono completa con me stessa e sono libera di amare un uomo che mi rispetta e che è degno del mio rispetto.

EQUIVOCI E OMICIDI

Federica, Allegra e Mariasole non appartengono a quella fortunata maggioranza che può dirsi *figlia dell'evoluzione* e i loro cervelli, in sospetto di encefalite spongiosa, raggiungono a malapena il fatidico chilo.

Come ogni sabato, il pomeriggio è dedicato al restauro personale e allo shopping. Per loro è quindi d'obbligo tritare finemente i nervi e gli attributi di quella che giudicano una bassa manovalanza. Una volta al mese, a riscuotere il loro denaro corredato da sguardi sprezzanti, è la b-donna delle unghie finte.

Sembrano più uomini morti male che donne: Allegra, Mariasole e Federica. Mascoline, magre fino ad apparire emaciate, conservano un corpo da bambina, sopra il quale sfoggiano un viso rugoso e abbronzatissimo. Involontariamente ET, ma molto più aliene, inseguono un prototipo di bellezza iconica, inconsapevolmente necrofila. Essiccate come preparati anatomici, sono sempre più disgustate dalla donna di serie b, che tenta con loro l'imitazione di una conversazione semplificata ai minimi termini: "Bella abbronzatura". Anna delle unghie di gel sa che questo approccio funziona sempre con le mostricciatole. Federica mugugna a denti stretti un avvelenato "Cortina", come a rispondere: come ti permetti di rivolgermi la parola, serva?!!

Anna è tuttavia un'intoccabile, una figura chiave che

può permettersi di sbagliare protocollo senza timore, poiché la sua funzione è insostituibile.

Albi, invece, è sacrificabile, anche se non sa di esserlo. È un b-uomo, ma non sa o non accetta di esserlo. Indossa loghi a profusione, che lo ricoprono come un cartellone pubblicitario, come se stesse gridando: sono uno di voi! No, Albi, non sei uno di loro: sei soltanto un servo travestito da uno di loro. E non hai nemmeno un tentacolo, anche se dici di averne le cicatrici. Anche se oggi è terribilmente cool ablare i tentacoli, mummificarli o mangiarseli con olio di semi di lino e salsa di soia, tu non hai mai avuto i tuoi tentacoli.

Non è facile per Albi il parrucchiere, b-uomo in carriera, interagire con l'inesistente chioma di Mariasole. Mariasole sfoggia una peluria bionda indomabile, sotto la quale si trovano diversi tentacoli incistati. Pettinare i capelli evitando di graffiare i bozzi cutanei è un'impresa da grande coiffeur, ma Albi non è nobile, non è ricco e non è nemmeno un parrucchiere d'eccellenza. Tutto ciò che ha di notevole è la malignità di un inaffrontabile pettegolo, l'avarizia imbarazzante, l'invidia incontenibile e una superficialità in grado di competere con quella delle ricercate clienti tentacolate.

Albi è l'ingrediente del prossimo pranzo di gala. Una quota costerà 10 mila euro. L'incasso sarà devoluto in beneficenza per i b-bambini poveri del b-mondo.

LA VICINA

Il mio lavoro mi costringe a continui cambi di residenza. Quello che faccio è poco importante. Ciò che importa, invece, è che da tre mesi mi sono trasferito a Firenze. Questa città è molto inquietante, soprattutto per la vicenda Pacciani e anche perché sappiamo che altra gente strana legata a questo contadino è ancora in giro.

Certo, di gente strana ce n'è a Torino, come a Roma, come a Genova. Ce n'è un po' dovunque, ma a me Firenze fa impressione. Dite quello che volete, ma è così. Ora accade che questo appartamento, dove attualmente abito, io non lo avessi mai visto. Mi ero semplicemente rivolto a un'agenzia immobiliare, chiedendo un appartamento situato in centro, vicino al mio posto di lavoro. Poi, del resto, prezzo a parte, non me ne poteva importare di meno.

La palazzina del centro era, naturalmente, decrepita e cadente. Con quello che pago di affitto mi sarei aspettato qualcosa di più. Comunque, secondo la mia percezione, tutta Firenze è decrepita e cadente.

Allora io arrivo, valige alla mano, e mi riceve il padrone di casa, che mi consegna le chiavi e mi illustra i pregi di questo appartamento per il quale non nutro alcun interesse. Secondo lui è una reggia. Secondo me, basta che non ci siano scarafaggi, può anche andare.

Il mio appartamento puzza di muffa. Se tengo le finestre aperte è ancora peggio, perché l'odore di muffa
viene da fuori: è la città. Dalla finestra di cucina vedo il
campanile di Giotto. La prima volta che l'ho visto ho
pensato: bello, però! La seconda volta già cominciava a
darmi noia. Adesso tengo le persiane accostate.
In sala c'è una grande macchia di umidità sul soffitto.
Ogni giorno si allarga e gocciola anche un po'. Penso
che ci sia una tubatura rotta al piano di sopra, ma non
mi importa. Finché non mi piomba in casa il vicino,
sfondando il soffitto, quella macchia può restare.
Non ho nessuna voglia di perdere tempo con questo
tizio che neanche conosco, avere i muratori in casa e di
nuovo il padrone di casa, con la sua faccia preoccupata
e la sua chiacchiera logorroica.
Per conto mio, qualcosa ho fatto: ho spostato il divano,
in modo che l'acqua non vi goccioli sopra.
No, no: non ho proprio voglia di incontrare di nuovo
il padrone di casa.
Lascio la busta con i soldi dell'affitto in portineria, per
non vederlo.
Lascio la segreteria telefonica accesa, per non sentirlo.
Mi sento strano in questa città ammuffita.
Non sono mai in casa di giorno e di sera non esco mai,
sia perché il mio lavoro è molto faticoso e mi assorbe a
tempo pieno, sia perché non conosco nessuno e non mi
va di farmi in quattro per trovare uno straccio di amico.
E anche perché questa città mi fa veramente paura.
C'è una cosa in particolare che mi tormenta. Con il mio
padrone di casa ho parlato una sola volta. Per mezz'o-
ra mi ha spiegato le meraviglie di quest'appartamento,
già l'ho detto. Poi, prima di uscire, si è raccomandato:

"Non dia confidenza alla sua vicina di pianerottolo. È una signora di mezz'età, un po' strana". E non ha aggiunto altro.

Ora mi chiedo: perché una persona che non mi conosce mi dà un avvertimento di questo tipo? E perché mai una persona può dire una cosa simile di un'altra persona?

Ci dovrà pure essere un motivo. E anche grave. Voglio dire: "Non dia confidenza" mi sembra un po' pesante come avvertimento. Siamo molto sul personale, intendo.

Così mi sono fatto mille idee sulla vicina.

Chi sarà mai?

Cosa avrà fatto di tanto sballato?

Così mi sono messo a farle la posta, fin dal primo giorno di permanenza qui.

Effettivamente deve essere una persona particolare. Non posso dire cosa faccia di giorno, perché non sono mai in casa. Certo è che prima delle 7,30 non esce dal palazzo. In realtà credo che non esca mai, durante il giorno. Mi sono preso una settimana di ferie e non l'ho mai vista oltrepassare la soglia di casa. Faceva finta di non esserci, ma io so che c'era. Il garzone del negozio di alimentari le porta la spesa due volte la settimana. Lei lascia la busta con i soldi sotto lo zerbino: non apre mai la porta, anche se è in casa.

So che esce di notte, a orari strani. A volte torna dopo mezz'ora. A volte trascorre ore fuori.

Non ha il cane, quindi niente scuse: non porta a passeggio un compagno scodinzolante. Scende le scale a piedi, non chiama l'ascensore.

La cosa che più mi fa paura è che non sono mai riuscito a vederla. Ore di appostamenti dietro lo spioncino e lei quella notte non esce. Oppure mi allontano due minuti, per esigenze fisiologiche, e sento i suoi passi sul pianerottolo. Allora corro, mi precipito, ma niente: lei non c'è più.

È molto inquietante vivere fianco a fianco con un simile personaggio. Mi chiedo perché esca a questi orari così strani.

Credo che sia una prostituta, però mi dicono che è sciatta e grassa.

E se io fossi in malafede? Se lei soffrisse di insonnia e avesse bisogno del giorno per recuperare la notte persa? Se uscisse a passeggiare per conciliarsi il sonno?

Ma allora perché non l'ho mai vista?

Perché tutti gli altri l'hanno vista, almeno una volta, di sfuggita, e io mai.

Credo che dovrò trasferirmi di nuovo: non posso proprio più vivere fianco a fianco con questa vicina criminale.

E se mi stesse deliberatamente evitando?

E se lei avesse più paura di me di quanta ne ho io di lei?

Poi mi piacerebbe sapere perché porta fuori la spazzatura di notte. E perché non la deposita nel cassonetto sotto casa? Dove la butta? O forse non la butta mai. Non produce spazzatura. Tengo d'occhio il cassonetto sotto casa: mai un sacchetto in più, dopo le 22.

Perché passa dall'entrata posteriore quando io osservo e aspetto a quella anteriore e viceversa?

Perché?

In fondo, potremmo essere amici.

Amici per la pelle: io, lei e i miei cauterizzatori.

RAGNI DI MARE

Sebbene la figlia fosse morta di recente in un incidente automobilistico, continuava a pensare alla cena di capodanno e le due idee si rincorrevano sovrapponendosi: il dolore e lei – non la avrebbe rivista mai più – lei con le sue strane manie – tartine da servire e gli acquari da svuotare – gli invitati da chiamare. Era talmente inverosimile che lei non ci fosse più che, al funerale, aveva chiacchierato per tutto il tempo, di stupidaggini, per lo più. Aveva persino riso, di niente, ma di gusto. Come se nella bara ci fosse un estraneo. Come se il funerale fosse di un lontano parente, di un lontano, quasi dimenticato amico. Ma nella bara c'era lei, anche se gli sembrava difficile crederlo. Lei con il viso pieno di punti di sutura, dall'orbita destra allo zigomo sinistro. Si sorprese persino a pensare: meglio così, lei non avrebbe saputo sopportare la cicatrice. Deturpante. Profonda e vera. Ma deviò immediatamente il pensiero quando si ricordò del suo cranio sfondato. Lei era così orgogliosa del suo cervello... Il suo viso pieno di vetri... come la chiamava? La teca cranica o qualcosa del genere. Il suo cranio si era sfondato contro un sasso, quando era stata sbalzata fuori dall'automobile attraverso il parabrezza, ma prima le si era spezzato il collo per il contraccolpo. Chissà il dolore, lei che dopo il colpo di frusta leggero aveva sempre avuto capogiri e mal di testa.

Maipiù era un'idea inaccettabile, lei che la sera prima lo aveva abbracciato e guardato con la solita apprensione, come se sapesse che lui non era felice, come se avesse voluto togliersi il cuore, come in quelle orrende icone religiose dell'Ottocento, e farglielo stringere forte tra le mani, perché gli infondesse un po' di calore. Lei che lo amava, che lo capiva, che sapeva, mentre nessuno sapeva niente di lei. Lei che la sera si tagliava le piante dei piedi e le cosce con una lametta, perché le sue cicatrici rimanessero nascoste. Lei che gli diceva: papà, quanto ti voglio bene, papà. Ora che ti conosco. Perdonami, papà, se prima non ti ho sempre capito e non ti amavo abbastanza. Papà, come vorrei che tu sentissi quanto bene ti voglio, quanto ti ammiro, papà, quanto vorrei essere uguale a te.

Continuava a pensare ad entrambi: lei e la cena, la morte e il piacere degli amici.

Era un uomo molto avaro: la sua unica prodigalità consisteva nell'organizzare, a capodanno, una cena opulenta a base di pesce, unicamente tentacolato, non perché fosse gustoso, ma solo perché lo trovava snob. Provava un gusto assurdo nel donare tentacoli agli amici. Non ai più cari, ma a tutte le persone che conosceva: centinaia di invitati, che affollavano la sua grande villa, e quest'anno non sarebbe stato diverso. Gli piaceva essere generoso, addirittura prodigo, almeno una volta l'anno.

Lui stesso cucinava la cena, incollandosi ai fornelli per diversi giorni. Aveva una cucina da grande albergo: tre lavandini di imponenti dimensioni, tre batterie di fornelli, tre enormi frigoriferi e tre acquari, all'interno dei quali, per tutto l'anno, allevava personalmente il pesce che avrebbe cucinato per gli invitati.

Nell'acquario più grande c'erano tre enormi piovre, grigie, con la testa di cadavere, che avrebbe bollito con erbe balsamiche, per non fare loro perdere il colore dei sassi. Si trattava di piovre estremamente pregiate, difficili da cacciare per l'aggressività innata della specie, che le rendeva pericolose quanto i rettili costrittori. Ancora più difficili da individuare sui fondali rocciosi, dei quali assumevano il colore grigio e le protuberanze, come strani lebbrosi cresciuti in disparte dal mondo. Le avrebbe servite intere, come ogni anno. Apparentemente intere, trafitte da una miriade di spiedini d'acciaio, che servivano per prelevare i vari tasselli, incisi con perizia in un puzzle dall'architettura solida, dalla consistenza morbida ma gommosa. Il sapore: non sgradevole, ma di pesce, decisamente. Di mollusco, esaltato dalla bollitura nelle erbe aromatiche. Un retrogusto da ospedale, grazie all'eucalipto.

Avevano tentacoli lunghi, le piovre, con ventose viola, che sembrano piccoli occhi ciechi.

In uno degli acquari più piccoli nuotavano calamari gialli. Cervelli con sette piccole estensioni pulsanti. Cervelli. Quello di lei perdeva il controllo quando non riusciva a slacciarsi il braccialetto indiano. Perché lo metteva, poi? E perché non si strappava, quando lei tirava e tirava e il fermaglio non cedeva, perché servivano due mani per aprirlo? Era come un paio di manette e lei non era proprio Houdini. Sembrava che provasse un piacere masochistico ad autoimprigionarsi, come se la vita non fosse tutta una prigione – diceva lei – e tu ne sai qualcosa.

No, no. Lui non ne sapeva niente. Era veramente libero, lui. Si accarezzava la barba bianca, davanti allo specchio. Aveva moltissimi capelli, nonostante i settant'anni. I suoi capelli, una volta castani, erano sempre stati incantevoli e anche ora, generosamente invecchiato, piaceva alle donne, nonostante quello che chiamava "il ventrone". Crudele e indifeso: aveva due personalità in grado di accontentare tutti e tutte, facendo passare in secondo piano la sua avarizia. Lo odiavano solo i baristi, perché lui era sempre e comunque ospite e, il caffè, non lo avrebbe mai pagato. Glielo dovevano offrire. Immaginava che fosse sua figlia a pagare per le sue stravaganze?

Se lo chiedeva ora: me lo avrà sempre pagato lei il caffè? Oddio quei calamari! E hanno il coraggio di chiamarlo "sostanza grigia"! Lui lo aveva visto il suo cervello: le colava sotto l'acconciatura ed era arancione come i calamari del Madagascar, con la stessa consistenza polposa.

Che movimento faceva sempre, lei, con le mani? Le apriva e le chiudeva a coppa, con i mignoli accostati, con la sensazione che non esistesse più nulla dietro i suoi occhi e che la corteccia cerebrale andasse sfilandosi a poco a poco, incapace di trattene umori, ricordi, sorrisi.

Il terzo acquario conteneva i ragni di mare, una specie di totani rarissimi, quasi privi di capocchia, con lunghi tentacoli tra il nero e il viola, ricoperti di morbidi aculei. Somigliavano moltissimo ai ragni di gomma con i quali i ragazzi giocavano a Carnevale, ma erano più morbidi, anche da guardare. Li avrebbe serviti interi, con i tentacoli distesi.

Nel rimosso più doloroso era trascorso anche il tempo. Il dolore e il pianto non erano altro che fondali di scarto, mentre lui cucinava. Solo un retrogusto amaro, che lottava per riemergere, scontrandosi con un'attenzione vigile e sorvegliata, dedicata alle operazioni di cucina.

I piatti erano riusciti al meglio e nessun commensale aveva declinato l'invito.

Sperava che la serata non finisse mai, per non dovere mai ricordare.

Si poteva rimanere storditi anche per molto meno di tutto questo gioco greve di futilità, con discorsi di routine, risate finte e piste di cocaina.

Mangiavano, tutti. E come ogni anno si sarebbe parlato per mesi delle sue abilità di cuoco.

Come aveva previsto, era il buffet dei ragni di mare a riscuotere la maggiore attenzione. Un fitto stuolo di buongustai si affollava intorno al tavolo, urtandosi e spingendosi con inedita violenza. Ma quando lui si avvicinò, vide che l'entusiasmo degli invitati era tutto rivolto a un sacchetto di patatine che un bambino aveva introdotto clandestinamente alla festa.

Avvocati, ingegneri e architetti erano pronti a graffiarsi e a darsi pesanti calci nelle caviglie per accaparrarsi una patatina. Nelle tasche, tocchetti di piovra sassosa, immangiabili calamari e orridi ragni di mare. Nascosti, per non offendere lui, che amava tanto cucinare per loro.

Ma perché non me lo avete mai detto? Chiese sconcertato.

Nessuno osò rispondere.

CAPELLI

Sostanzialmente, quando un capello cade non fa rumore. Si posa su un suolo casuale, che per lui è grande quanto un pianeta; muore scodinzolando. La caduta irrisoria. E l'esaurimento nervoso dell'animale maschio, privato del suo seducente complemento erotico. La fatica di vivere. I capelli pensano (io li ho sentiti): sempre meglio che essere uomini. Loro, quando muoiono, non fanno nemmeno l'ultimo volo.

MOSAICO DI PAURE

1

Sei in treno, assopito, e il controllore ti cala una mano sulla spalla o ti tocca un ginocchio. Non capisci dove sei, non sai dove hai messo il biglietto. Paura. Il cuore batte forte.

Stai ascoltando la musica in cuffia, le spalle alla porta, che si apre di scatto, e tua madre o tuo figlio o il tuo compagno entra chiedendoti, anche se è più che evidente, che cos'hai. Paura: il tuo mondo in frantumi. Sette note che si sbriciolano e tu con loro.

Sei in ascensore. Lento. Sale lento. Oddio speriamo che non si blocchi. Ogni ondeggiare o sobbalzare è una stilettata ai nervi. Chi sale con te sorride dei tuoi sudori freddi. Sicuramente sta pensando che sei un po' esaurito e anche un po' scemo. Ma anche lui la sente. La paura.

L'intercity blindato con i finestrini inamovibili.

L'aereo bara: no, non puoi scendere. L'aria ristagna. Stanno tutti bene, tranne te, che non riesci a respirare. E se prendessi un ansiolitico? Mi spiace, non è possibile, non puoi. Non hai tutto quel tempo. Ormai gli spasmi salgono dallo stomaco e tu sudi. Hai così caldo... Dove sono le tue mani? Le vedi, sfocate, laggiù, ma non le senti, come le gambe.

Un corpo che formicola è un corpo vivo, ma non ci hai mai creduto.

Un corpo intorpidito è un corpo che si avvicina alla soglia del coma. Pensi che sarebbe decisamente meglio un coma profondo di quel bruciore che ti tormenta il sistema nervoso periferico, che ti si irradia dalle vertebre cervicali al coccige e viceversa.
Pensa a qualcos'altro.
Pensa a qualcos'altro.
È solo nella tua mente.
E dici poco?!?

2

Quando hai sempre pronto in gola un nonsonostatoio, tu hai paura.
La paura più oscena che tu possa avere: paura di essere colpevole.

3

La paura è l'attimo in cui perdi te stesso.

4

Il panico è più della paura. È la paura della paura. La follia che ti guarda sorridendo.
Se non ti va bene, lì c'è la porta.
È l'incubo pauroso dell'infanzia e dell'adolescenza: la minaccia di scacciarti da casa, ogni volta che non eri come volevano loro. L'ironia fuori luogo dei tuoi genitori, il ricatto dell'ioTiStoMantenendo. E se non ti va bene, lì c'è la porta.

> Se non ti va bene, lì c'è la porta.
> Se non ti va bene, lì c'è la porta.
> Se non ti va bene, lì c'è la porta.

Se non ti va bene, lì c'è la porta.
Se non ti va bene, lì c'è la porta.
Se non ti va bene, lì c'è la porta.
Se non ti va bene, lì c'è la porta.
Se non ti va bene, lì c'è la porta.
Se non ti va bene, lì c'è la porta.
Se non ti va bene, lì c'è la porta.
Se non ti va bene, lì c'è la porta.
Se non ti va bene, lì c'è la porta.
Se non ti va bene, lì c'è la porta.
Se non ti va bene, lì c'è la porta.
Se non ti va bene, lì c'è la porta.
Se non ti va bene, lì c'è la porta.
Se non ti va bene, lì c'è la porta.
Se non ti va bene, lì c'è la porta.
Se non ti va bene, lì c'è la porta.
Se non ti va bene, lì c'è la porta.
Se non ti va bene, lì c'è la porta.
Se non ti va bene, lì c'è la porta.
Se non ti va bene, lì c'è la porta.
Se non ti va bene, lì c'è la porta.
Se non ti va bene, lì c'è la porta.
Se non ti va bene, lì c'è la porta.
Se non ti va bene, lì c'è la porta.
Se non ti va bene, lì c'è la porta.
Se non ti va bene, lì c'è la porta.
Se non ti va bene, lì c'è la porta.
Se non ti va bene, lì c'è la porta.

Se non ti va bene, lì c'è la porta

SE NON TI VA BENE, LÌ C'È LA PORTA.
Se non ti va bene, lì c'è la porta.
Se non ti va bene, lì c'è la porta.
Se non ti va bene, lì c'è la porta.
Se non ti va bene, lì c'è la porta.

SE NON TI VA BENE, LÌ C'È LA PORTA.

Se non ti va bene, lì c'è la porta.

Se non ti va bene, lì c'è la porta.

Se non ti va bene, lì c'è la porta.

Se non ti va bene, lì c'è la porta.

Se non ti va bene, lì c'è la porta.

Se non ti va bene, lì c'è la porta.

Se non ti va bene,

lì c'è la porta

Il panico ti sbatte al di fuori di te stesso. Che ti vada bene o no, lì c'è la porta e tu l'hai abbondantemente oltrepassata.

Quello che c'è dietro l'evidenza dei fatti: tu sei carne, vulnerabile e mortale.

5

Le vasche da bagno erano allineate lungo la parete. Lo strato di ruggine traspariva tra lo smalto ingiallito. L'acqua era fastidiosamente tiepida. Il sapone tratteggiava squame nella pelle.

La paura è una vecchia foto sbiadita che ritrae l'interno di un manicomio.

6

La paura è l'orrenda confusione tra giorno e notte. È quando suona il telefono e non sai dove sei. E la voce al telefono ti strappa dalla tua placenta di sonno e ti immerge nella vita schiaffeggiandoti.

CONSERVO LA TUA MEMORIA COME UN'OVVIA POLVERE DI MUMMIA

Gli spazi si sarebbero potuti conservare infiniti, se qualcuno lo avesse chiesto. Ma non accadde mai e tutti chiesero sempre che finisse. Non tanto perché l'indelebile spaventasse o spossasse la noia. Forse era solo una mancanza di temperamento, o una ragionevole scelta di tranquillità.

Peccato che il camino continuasse a fumare sul grande G.

G grande: un paradosso, dove e quando tutto tende alla chiusura e soprattutto prima dell'espansione del G.

Polvere di mummia (ma sì, la sua polvere come la nostra, di mummie che talora esalano ceneri di lebbra).

I miei organi interni li ho vomitati ieri, prima della tassidermia. Non erano straordinariamente in salute: eccessivamente debordanti verso il rosso e minacciosamente chiusi in verde. Prima che coagulassero, erano davanti a me, strappati alla complicata poesia delle secrezioni endocrine.

L'utero me lo avevano già rubato: serviva a mia madre per partorire mia sorella morta.

Mi sono accontentata di quello che avevo: un po' di inchiostro rosso per scrivere **Bataille**. E, curiosamente, qualcuno ne rideva. Non era meglio l'indignazione?

Alla fine, quella mia idea morbida e fluida, inarrestabile una volta sorpresa tra le dita, era più che pericolosa. Così qualcuno ne rideva.

Morbida ancora la carta che non decompone.

Rimaneva la fine delle cose, prima di qualsiasi intrusione. E non potevi chiamarla "solidarietà", solo "attrazione". Partiva dal cervello e prima ancora, come è ovvio, dagli occhi e dalle mani.

O era il fumo, che con il suo odore mi disgusta e, quando cambia odore e mi risulta piacevole, segnala un nuovo ospite?

Certo il mio desiderio, come l'abbandono, non dipende dalla nicotina.

Conservo il mio desiderio per quando l'adrenalina si quieta e risparmio il mio respiro per tutti gli ascensori, i treni, le porte delle banche e tutte le claustrofobie obbligate.

No, non sono pazza, anche se talvolta mi offro volontaria per annoiarmi.

LISA CON TUTTO IL SANGUE ADDOSSO

Lisa con tutto il sangue addosso. Le piaceva morire quando il sangue colorava l'acqua della vasca da bagno. Lo desiderava talmente tanto da non sentire dolore, nemmeno un po' nei tagli che bruciavano come se avessero sopra qualcosa di effervescente. Forse sentiva la voglia di chiuderli per chiudere il formicolio. Le piaceva come se fosse stato inchiostro, quello con il quale continuava a scrivere, ogni giorno, per non dimenticare di svegliarsi e per continuare a vivere.

Tanti anni fa ho conosciuto una ragazza che mi ha raccontato come aveva tentato il suicidio tagliandosi le vene nella vasca da bagno. Sorrideva mentre lo ricordava. Le piaceva l'idea di morire nuda, coperta di sangue. Diceva di non avere sentito dolore incidendosi i polsi, solo un lieve formicolio. Era una brava scrittrice e l'ho immaginata così, con il sangue che diveniva inchiostro. E viceversa.

LAPSUS

1.

Ho ucciso la mia donna delle pulizie!

Accidenti! Ho ucciso la mia donna delle pulizie! L'ho trovata stesa nel bagno, con la bava alla bocca, un'emorragia clamorosa al naso e il barattolo del borossigeno in frantumi sul pavimento.

Ho cominciato pagandola 10 euro all'ora (io ne guadagno 8). Mi si spezzava il cuore nel vederla così curva di dolori, annientata dalla stanchezza. Così ho iniziato ad aumentarle la paga. Nell'arco di 6 mesi è arrivata a guadagnare 35 euro all'ora. Per mantenerla (in fondo viene solo due volte alla settimana e ho pensato che un piccolo sacrificio economico non mi sarebbe pesato più di tanto) ho smesso di andare al ristorante con gli amici, di fare la spesa, di mangiare, mi hanno sospeso la fornitura dell'energia elettrica, risparmio ovunque, non mi compro più nulla per pagare questa donna che ormai guadagna 100 euro per trascorrere due ore al telefono con la Polonia in casa mia, spolverandomi il mobile sul quale tengo l'apparecchio telefonico e guardando fuori dalla finestra. Prenderei un cordless se fossi sicura di migliorare i suoi tempi di lavoro, spingendola a spolverare un po' di più, camminando e telefonando per la casa, ma è una spesa folle, che attualmente non posso sostenere.

Il mio comportamento insano l'ha indotta a pensare che io sia ricca, tremendamente ricca. Da qualche mese, infatti, guardava con desiderio il vaso del borossigeno posato sul lavandino: mi serve come disinfettante e per sbiancare il bucato, ma lei non lo sapeva.

Se n'è sniffata una pista da concorde, credendo che fosse un chilo di cocaina da ricconi viziosi ed eccola lì: seccata sul colpo. In effetti, è meglio così: non sapevo più come pagarla.

2.

C'è una donna, piuttosto anziana e molto eccentrica. Impossibile non vederla: indossa abiti coloratissimi ed è pesantemente truccata.

È una donna che ha dichiarato guerra all'età e la sua battaglia si sta svolgendo con parziale successo. La mente è lucida e brillante come quella di una ragazza: anni di insegnamento come maestra elementare, uniti a un sano interesse per la lettura, l'hanno mantenuta giovane. I lifting, le creme, i massaggi e ogni restauro che possa fare ringiovanire una donna si sono occupati decentemente del suo fisico.

Minia: settant'anni e farne sparire almeno 2 o 3 sotto il rossetto.

Si specchia in ogni vetrina e si piace. Adora passeggiare per il centro: con il suo fisico longilineo può permettersi qualsiasi vestito. Peccato per i piedi da strega: quelli non sa proprio dove nasconderli. Almeno, quando la moda prevedeva scarpe dalla punta quadrata, sapeva come mascherare i piedi mozzi, con le dita a moncone: si diramavano in ogni direzione, in qualche modo era necessario accorciarle e il risultato non era stato tra i più soddisfacenti. Ma ora, con le scarpe a punta, dove li nasconde i piedi mozzi?

E c'è anche un'altra cosa, oltre ai piedi orrendi, che tormenta Minia: di quando in quando, mentre passeggia, persone di 30, 35, 40 anni la avvicinano e le strappano i capelli. Glieli tirano forte, in modo doloroso, e a volte le assestano anche qualche calcio nelle caviglie.

Chi sono?

Ha sporto denuncia più volte, ma in questura tutti sembravano divertiti dal suo racconto.

Chi sono?

C'erano una volta delle maestre delle scuole elementari che scambiavano la classe per una palestra di kick boxing, approfittandone per allenarsi con sberle, schiaffi, schiaffoni, tirate d'orecchie e di capelli.

Le umiliazioni verbali erano forse più crudeli, ma come si può restituire un'oca, pita, puzzone, pidocchioso eccetera a una vecchia insegnante?

Calci nelle caviglie e tirate di capelli: sono i souvenir di ex studenti vendicativi, anche se lei (se loro, le vecchie educatrici dal manrovescio facile) seguita a non capire.

CHIARA TRA GLI ESTASIATI

Chiara tra gli estasiati. Solo un preservativo emozionale, che loro vogliono ma non prendono.

Alcuni sono spudoratamente ricchi. Altri hanno un impiego scadente. Non fa alcuna differenza: durante l'intera settimana, ricchi o sottoccupati devono lavorare come schiavi, anestetizzandosi, fino al venerdì, quando decidono di viaggiare e di non dormire.

Non c'è niente nella loro vita. Non c'è nemmeno la consapevolezza dell'essere decorticati: la verità è che la loro vita fa schifo, come fa schifo la vita di molti. Ma loro scappano, in qualche modo scappano. Cercando di riprendersi il tempo, dilatandolo con spot di energia chimica. Non funziona, ma ci provano. Eppure si sono già arresi, perché la loro scelta non è il cambiamento, ma il rimanere, la natura morta.

Allora Enrico, che puzza perché è malato di stress, si è fatto qualche anfe e non dorme da tre giorni perché c'è il ponte e se lo può permettere (qualunque cosa intenda con ciò). Non vuole perdersi neanche un'ora della sua libertà e, tra le quattro e le otto del mattino, bazzica di bar in bar, a farsi qualche flebo di alcool, in attesa di un after-hour. Ha ballato per sempre e gli sembra di essere dio.

A Chiara non fa pena: Enrico si è scelto la sua vita e la sua droga. Ha il denaro al posto del tempo e con il denaro può comprare l'E, e con l'E può dilatare il tempo, quel poco tempo che non passa a guadagnare denaro per comprare la BMW e l'E, che gli serve per dilatare il tempo, sempre meno, che gli resta, perché deve, deve lavorare di più e se lavora di più ha più denaro e può aumentare la dose di E, perché una pasticca non la sente più e il tempo non si dilata più abbastanza.

Andrea, invece, di tempo ne ha in abbondanza. Siede solo.

Lui ha sempre ragione e, di conseguenza, gli altri hanno sempre torto. I suoi amici si sono francamente seccati di avere sempre torto.

Così Andrea siede solo con il suo modesto viaggio di canapa indiana psicoattiva.

Poi, anche lui passa all'E. E il viaggio va e lui suda, suda, fa sempre più schifo e si diverte. Balla, balla, lui che è autenticamente impedito. E scopre che può mentire e dire agli altri che hanno ragione su tutto e ha tanti amici, tutti pallidi e sudati come lui, con le pupille di vetro. Tanti ragazzi di plastilina che hanno spasmi e contrazioni di pura noradrenalina, spremuta a forza da una formazione reticolare sulla soglia del collasso. E questo gli piace, si raccontano che gli piace, che è una bella espressione eroica.

Enrico e Andrea tornano stanchi.

Ma se si fanno di anfe, non dormono più e diventano ancora più stanchi.

Ma se non si fanno di fluoxetina si sentono depressi. Vita difficile quella degli eroi chimici.

Chiara li ascolta e si sente come se le fosse piovuto addosso a Bologna, dove l'aria è nebbia di smog e ti sporca più che in qualsiasi altro posto.

TÈ E TERRORE

Don Guido possiede quello che si può definire "Un volto amichevole e simpatico". È giunto ai suoi onorevoli settant'anni mantenendo un aspetto molto gradevole, con i tanti capelli grigi, impossibili da pettinare, sempre sparati verso il cielo. Gli zigomi alti sono incorniciati da un bellissimo sorriso, che si apre su denti sani, bianchi e perfetti, sopra i quali si staglia un naso proporzionato. È difficile non trovarlo sorridente, con lo sguardo ispirato, come se conoscesse verità precluse a tutti. Non si arrabbia mai, Don Guido. Sembra avere raggiunto la pace interiore, come un monaco zen sulla via dell'illuminazione. Indossa con grande soddisfazione un clergyman, che lo veste con eleganza e lo caratterizza come ministro di Dio.
Di fianco a lui, intorno a un piccolo tavolo rotondo, siede la signora pomposa, che invece non irradia simpatia, con la sua ruga di disappunto perennemente incisa tra le sopracciglia. Lei non lo sa, ma ha un brutto soprannome: "Catone il Censore", infatti è sempre pronta a disapprovare qualsiasi affermazione altrui, per il semplice gusto di dare fastidio. Con la sua inseparabile borsa Livorno e gli abiti sgargianti, oggi la signora pomposa ha una particolare nota di biasimo per i due ospiti: "Vestite sempre di nero! Siete deprimenti!"

Entrambi scoppiano in una fragorosa risata e Don Guido, che è saggio, non accenna nemmeno a una valutazione sull'abito talare, perché sa che lo porterebbe ad ascoltare un inaffrontabile flusso di scemenze da parte della signora pomposa.

La terza persona seduta al tavolo è una triste maschera dai contorni indistinti, che ha perso la propria identità interpretando ruoli sociali, affamata di visibilità e consensi. Spettinata e un po' cinerea, da qualche anno frequenta svariati gruppi di volontariato e di autoaiuto, nei quali soffre imponderabilmente, sacrificando ogni singolo istante di vita a una causa sfocata, della quale non comprende chi sta cercando di aiutare e come farlo. Però, come da copione, recita: è tutto bellissimo, sto benissimo, mi sono sentita utilissima.

Sul tavolo, la triste maschera ha disposto un servizio da tè distopico, con piattini polilobati e tazze bacellate, in raffinata porcellana bavarese, ornata da fiori che dovrebbero corrispondere ai mesi dell'anno.

Valium, Tavor, Serenase [1]:

sono le scritte in oro zecchino, in carattere edwardiano, che adornano la porcellana bianca e sottile all'interno delle tazze.

Nella teiera, di forma tondeggiante e panciuta, anch'essa in porcellana polilobata decorata con motivi floreali, è in infusione un raffinato tè Oolong Wu Yi, che la signora pomposa, incapace di pronunciare espressioni che non siano seguite da un punto esclamativo urti-

---

1 È un omaggio ai CCCP, un gruppo punk che continuo ad amare e che ha rappresentato la colonna sonora della mia adolescenza

cante, definirà "Sciacquatura di piatti!". La banalità del male secondo Hannah Arendt.

Esorcismi padani

A dispetto del volto rassicurante e pacioso, Don Guido ha spesso storie spaventose da raccontare. Questa è una delle tante.

– Mi è capitato diverse volte di assistere a un esorcismo: purtroppo è uno degli incarichi più ingrati, sgradevoli e terribili che un sacerdote possa svolgere. Ho visto persone camminare carponi sul soffitto, scagliare oggetti per la stanza senza toccarli, materializzare pugnali e polvere dal nulla; le ho udite parlare lingue antiche e pronunciare litanie incomprensibili. Prima di abbandonare i corpi, i demoni recitano passi del *Necronomicon*.

Ho viaggiato in tutta Europa per debellare le possessioni demoniache, ma il caso più destabilizzante l'ho vissuto nella mia parrocchia, a Reggio Emilia. Era un bravo ragazzo, uno scout, proveniva da un'ottima famiglia. Gradualmente aveva cominciato a bestemmiare con una fastidiosa frequenza, si contorceva in mille gesti spasmodici, ripetuti all'infinito, insultava le persone senza alcun motivo. Aveva il corpo ricoperto da ecchimosi, alcune causate da percosse autoinflitte, altre di origine sconosciuta. Non riusciva più a studiare, a interagire con gli altri, era ossessionato dagli insetti, che vedeva ovunque e per i quali aveva sviluppato un pesante disgusto. Provava anche un'insopportabile avversione per il cibo, poiché temeva di soffocare a causa di un boccone masticato o ingerito male. I suoi genitori erano disperati; quando mi chiamarono, mi spiegarono il motivo della completa sfiducia che riponevano nella psichiatria: in famiglia c'era stato un lontano bi-savolo che aveva manifestato gli stessi sintomi ed era stato internato in un manicomio, dal quale era uscito solo in tarda età.

Eseguii personalmente molti esorcismi sul ragazzo, ascoltando le peggiori oscenità e guardandolo mentre assumeva pose impossibili, con muscoli e nervi stirati e doloranti per le contratture, più simile a un Dalì che a una creatura di Dio. Per mesi ci incontrammo tutti i sabati a mezzanotte, ripetendo il rituale senza che ne derivasse alcun beneficio. Il ragazzo si percuoteva il naso e la fronte, facendone scaturire il sangue. Aveva il volto tumefatto e urlava, abbaiava, muggiva, imprecava contro ogni tipo di divinità, mentre, nelle rare condizioni di quiete, sbatteva le palpebre molto velocemente e grugniva. I suoi occhi non sembravano più umani: la pupilla, sempre dilatata, era enorme, nera e vuota come un cratere e il suo sguardo oscillava tra il malevolo e l'indifferente, spesso offuscato da un'assenza di coscienza.

Durante i riti, si faceva beffa di me, ripetendo le formule sacre e storpiandole.

Arrivò il giorno in cui, finalmente, riuscii a piegare il demone, che ci svelò il proprio nome, come accade in ogni esorcismo andato a buon fine.

Il ragazzo vomitò una fetta di salame intatta, nella quale erano conficcati sette chiodi.

Il demone si palesò: Tourette!

I dottori che seguivano il mio protetto risposero: Haldol, Serenase, Orap, Risperdal.

Il demone scomparve.

Necronomicon non pervenuto.

Mal di testa

Anche la triste maschera ha una storia esoterica da raccontare. Parla di un forte mal di testa: un argomento già di per sé spaventoso, nella sua dolorosa semplicità.

– Mia sorella è appassionata di castelli e la accompagno spesso nelle sue escursioni. I castelli che preferisce sono quelli medievali: architetture scarne, muri possenti, feritoie e finestre a strombo, terrapieni, ponti levatoi, fossati. Ne apprezza anche le scenografie ricostruite nel peggiore dei modi, con mobili filologicamente sbagliati, candelabri e vassoi di latta, draghi ornamentali con il dono dell'ubiquità. Ha sempre amato particolarmente il castello di <omissis>, traboccante di arredi di dubbia autenticità e cornice maleducata di matrimoni costosissimi. Per lei è un rituale rilassante fermarsi dinanzi alla parete in cui è solito manifestarsi il fantasma di una sfortunata fanciulla o sedersi nelle segrete che hanno dato la morte a troppi prigionieri. Le piacciono le scale, le torri, i cammini di ronda, la scabrosità dei mattoni, il salnitro tra la malta, le cucine con gli imponenti calderoni. Immagina segreti inconfessati, misteri taciuti, che si sfaldano nell'oblio, nell'ombra della leggenda. Si innamora di un affresco, di una seduta che si affaccia su un dirupo, di una porta chiusa.

Si era fermata rapita dinanzi a un'armatura massiccia e imponente, che reggeva un minaccioso mazzafrusto brunito e un'ascia bipenne, finemente istoriata con bassorilievi fitomorfi. Le era sembrato di scorgere un luccichio dietro la celata dell'elmo opaco e spigoloso; era rimasta a lungo in contemplazione di quello strumento di difesa e di offesa, immaginando un medioevo scandito da carestie, epidemie, fame, feste, giullari e cantori.

Tornata a casa, era stata colpita da un mal di testa feroce: un dolore insostenibile, impermeabile a qualsiasi analgesico. Varie le diagnosi, tutte in sospetto di un'implacabile neoplasia, invisibile nelle neuroimmagini.

Si ipotizzò anche una meno letale, ma certo non indulgente nevralgia. Cefalea a grappolo, che ritorna e ritorna e ritorna.

Abbiamo pensato che sarebbe impazzita nel buio della stanza da letto, per mesi ha abitato nella distruzione.

Quando la medicina ufficiale fallisce, si ricorre alla speranza, alla medicina alternativa e alla magia, di solito in questa progressione.

La portai da una guaritrice, in parte con una fede cieca, in parte pensando un banale e scettico "Tanto, peggio di così..."

Guaritrice. Ultima spiaggia. Le disse: lo sai che hai un'ascia medievale bipenne, finemente istoriata con bassorilievi fitomorfi, conficcata nella fronte?

Ignoranza

La signora pomposa non ha nulla da raccontare, così proclama: "Non ce n'è coviddì!".

L'ignoranza è l'abisso del terrore.

SOMMARIO

Progetto grafico e copertina di Alda Teodorani,
stampato da Amazon per CatBooks Publishing
In copertina File:Volpe rossa.jpg

https://commons.wikimedia.org/w/index.
php?title=File:Volpe_rossa.jpg&oldid=447031855
(last visited December 8, 2020).

www.ingramcontent.com/pod-product-compliance
Lightning Source LLC
Chambersburg PA
CBHW051442150726
48000CB00005B/2212